親自活著

# 推薦序
# 這方水土　這個人

馮小非

　　大自然總是多元秀豔，孕育萬物無奇不有，寇姐是其中之特殊品種。

　　初次聽聞寇姐，是香港占中後中國的大抓捕，這位長年在中國基層從事社會建設的女性，居然被她的祖國視爲「顛覆國家」。寇姐把那段日子稱爲「地獄」，但是，受盡苦楚就像被壓進了最深的地裡，也無法壓住寇姐的生命力，在自我沉澱了一段時間後，她來到台灣，在島嶼的土地上休養生息。

　　我期待這裡輕鬆的空氣會讓寇姐就此安身立命。她先是背起行囊，「走台灣尋常路，看民主之所在，讀台灣普通人，探民主之所來」，逐步踏遍台灣土壤，感受此地風土；接著落腳宜蘭，在種稻農友青松協助下，照顧一片田地，晴耕雨讀。如今寇姐常常會說「我們宜蘭人」如何，她已經把自己種進這片土地，台灣的泥土不僅滋養她長年奔波的生命，也成爲她創造力的源泉。

　　腳踏著土，頭頂著天，寇姐從台灣的作物中找到釀造的寶藏，火龍果皮、洛神種籽、柚子皮、鳳梨皮種種「農業廢棄物」在寇

姐廚房裡變成美酒，釀酒之後的果肉變成冷漬果醬，樣樣與宇宙連接，讓無形微生物與有形果物善加作用……寇姐全心全意融入這片土地、拚命投入耕田釀酒的生活，她稱為「拚命養生」，照顧破碎身心，也釋放創意的想像。

　　這是一本醉翁之意不在酒的「釀酒書」，從廚房方寸，照見產業問題、行業問題，從杯底乾坤，看到自由選擇、食物主權。寇姐說這是一本「感恩之作、致敬之作」，感恩美好，致敬台灣，感恩給她靈感與滋養的土地，致敬多元開放的社會氛圍。正當以為寇姐就此他鄉成故鄉，從此再也無須受高壓之苦，寇姐卻要回去孕育她的故鄉，面對不可知的未來。

　　菌種入了酒，只剩下美味，菌身已不在。寇姐就像上天給予的奇妙菌種，有她所在之地，讓原為平凡之物轉換成美味的靈魂。一如這本書，是寇姐在台灣的風土上留下的美妙作品，只希望日後還能見她活潑的笑顏，永遠地綻放。

# 自序
## 讓每一種愛戀都不枉此生

愛自己是一生的事業，隨時可以開始，任何時候開始都不晚；愛生活是一生的事業，隨處可以動手，任何處境下都能夠實踐。

這是一個吃貨半生積累經驗之談。隨時隨地，自己動手，簡單學，容易做。

特別強調是經驗之談，在這本書裡，洋溢著陶醉與甜蜜出場的全都是經驗，專講過五關斬六將不說如何走麥城。

將這些經驗之談付諸應用沒有門檻，首先由作者用行動印證。2017年徒步環台的萬里行程中，這樣的實踐也在持續。

即便生活在遠離土地的都市必須依靠現代化超市，就算是工作繁忙的上班族時間有限，哪怕能用的工具只有自己的雙手和寶特瓶，依然能夠親自動手，由一日三餐，拿回食物主權，於尋常生活，實踐選擇自由。

肯為食物花時間是一種生活態度，說明你有認真對待自己。

肯為生活花時間是一種生命狀態，說明你在親自活著。

親自活著，愛自由，愛生活。在一蔬一飯裡、在現實世界中，像戀愛一樣過生活。

# 目錄

| 下篇 | 活過　愛過

# 前言
## 活著，並要活得高級

太陽底下無新事，日子都是一樣的，意義是被人賦予的。

2017 年 7 月 14 日，太陽照樣升起。

向前三十年，1987 年的這一天，台灣宣布解嚴。後來，有了現在的台灣。

向前兩百多年，1789 年的這一天，攻占巴士底監獄。後來，有了現在的法國，這一天成了法國國慶日。

向前再久一些，1430 年的這一天，勃艮地人把聖女貞德賣給英國，代價是 2000 塊金幣。

2017 年的這一天，我在台灣，宜蘭，深溝村。早起先對自己說了一聲：生日快樂。

阿仙問我：「東西都帶好了嗎？」她是我借宿家庭的女主人，要帶我去宜蘭市區。

帶好了，錢包背包都在。我早都準備好了。

但是阿仙還沒有準備好，出門之前又走回廚房，從牆上的一個袋子裡，拿出好多塑膠袋，又從另一個袋子裡，拿了幾個環保

袋。然後，才將一個安全帽交到我的手裡，推出摩托車，載我進城。

進城的路陽光燦爛，是個好天氣。但是必須承認，我的情緒一大早就被阿仙毀掉了。再具體一點說，是被她那一堆環保袋毀掉的：為什麼，她活得那麼高級？

為什麼我的包裡空空如也，而她卻帶了一堆袋子？同樣是人，憑什麼她就活得比我高級？

親愛的讀者，你已經看出來了，我是一個多麼氣量狹小的人，見不得別人比自己活得高級。我們坐在同一輛摩托車上，要去同樣的市場做同樣的事，我在買東西的同時會帶回塑膠垃圾，但她卻帶了一堆環保袋。雖然我也有減塑意識，塑膠袋會多次使用，但這一次，輸給阿仙，實在太多。

通往市區的路邊有很多豪華農舍，這種農田裡長出來的房子並不是農民的家居，而是讓人心痛的「宜蘭特產」，這些外來人的別墅後花園，把大好田園變成了有錢人的秀場。中間我們的摩托車停下一次，因為一處「農舍」門口停著兩部豪車堵住了路，正在從車上搬下一箱洋酒：「小心！好貴的哦，法國的呢。」

我對豪宅豪車沒感覺，也沒有覺得洋酒高級，反而覺得像我和阿仙這樣才叫高級，我們要去傳統市場買水果，自己釀酒——下午在村莊裡有一節課，學釀水果酒。

說實話，如果不是一大早就被阿仙傷害，這真的是一個美好的日子、美好的生日。親愛的讀者你已經看出來了，我就是一個這麼氣量狹小又愛記仇的人。

　　阿仙經過了有機食品店沒有減速，直接開去傳統市場，跟我不謀而合。

　　買了什麼已經記不得，只記得她果然沒有用店家的塑膠袋。

　　她家裡有一個不滿週歲的兒子嗷嗷待哺，我把自己的兒子養到一米八幾海闊天高，我們都是親手操持一日三餐的主婦，一樣節儉也一樣關注食物品質和家人健康。買東西都會去傳統市場，因為我們沒有太多錢去有機店，也不覺得一定要進有機店才夠高級。我不是狐狸吃不到葡萄就說葡萄酸，也不仇富，只是更喜歡那種一蔬一飯、尋常巷陌裡的高級。親愛的讀者，又被你看到，我就是這麼對「高級」耿耿於懷。

　　阿仙源源不斷從自己包裡變出塑膠袋，我沒有袋子，但也不用塑膠袋，準備直接裝在背包裡。

　　我想找柑橘類的水果，夏天恰恰不是柑橘季節。請問有橘子嗎？沒有橘子請問有橙子嗎？終於看到了橙子，店家特別介紹「很甜，這是美國的。」阿仙說：「我們不要美國的。」我也一樣，不僅因為貴，而是我們都愛當地當季的東西。

　　阿仙一邊陪我掃街，一邊好心提醒：「現在不是柑橘類的季節呢，要到秋冬才有。」啊哈，終於看到了大堆黃澄澄的當地橙子，雖然不夠甜也不夠漂亮，但是不管怎麼，就是它了。

　　回程阿仙閒聊，問我是不是特別喜歡柑橘。嗯哼是吼。我支吾其詞，反正她坐前面看不到我的表情。

　　親愛的讀者啊，前面你已經知道了我是一個多麼愛記仇的人，容不得別人活得比我高級。

　　不僅愛記仇，而且有仇必報。

從來不信什麼「君子報仇，十年不晚」一類的鬼話。此時我各種羨慕嫉妒恨，硬要埋在心裡十年早就變癌症了。我從來都是快意恩仇，不僅有仇必報，而且是當下就報。

我特別要找柑橘類，為的就是要報仇，報復阿仙。

當然我不會乘其不備將手中柑橘掄圓了大力砸在阿仙頭上將她打昏，不僅因為我們在同一輛車上，打翻了她，自己也會摔死，而是因為，我報仇從來不用這麼低級的方式。

為什麼活得高級的人是她不是我？我要以牙還牙，玩得更高級。

那天下午，我和阿仙一起去美虹廚房學釀酒，用各自的水果釀各自喜歡的酒，這個按下不表。

阿仙用過的塑膠袋，洗淨收好又回到牆上的包裡，進入下一輪循環。她的果皮果核，放進了美虹廚房的堆肥桶。

列位看官，我釀酒之後的橙子皮，卻沒有進堆肥桶。我早有準備，自帶重複使用的塑膠袋，把柑橘皮裝袋舉在手裡，發出邀請：「明天我請客喔，要用這個變一個魔術，變餃子。」

第二天，我當眾把這堆農業廢棄物，變出了一套餃子大宴，有葷有素，不僅有橘皮豬肉，還有橘皮雞蛋小黃瓜，他們不僅吃所未知，也聞所未聞。不僅有鹹，而且有甜，橘皮鳳梨甜餃顛覆了所有人對「餃子」和「柑橘皮」的想像，特別是征服了阿仙兒子小皮蛋的芳心。

「好吃！真好吃！！」阿仙一邊吃，一邊傻傻讚美。其實她不知道，我不過在報一箭之仇。

就是這麼容不得別人活得比我高級。

2018 年的 7 月 14 日，我已是深溝村的一名農夫。農友在田裡大宴賓客。朋友和女兒從美國遠道而來，有朋自遠方來不亦樂乎，直接把她們領到了農田裡。

朋友不解：「妳的人緣真好，妳過生日，別人請客。」——不是人緣好，是運氣好。這是當地農人的「割稻飯」，答謝幫忙勞作的農友，日子早就定好，我躬逢其盛，不亦幸運乎。

幾十個農友在收割後的稻田裡挖土生火，煮飯煮菜煮湯烤魚烤肉烤一切，到場者自帶餐具，沒有餐具的就直接用手抓。稻田裡各種熏烤蒸煮，到處都是廚房，隨地就是餐廳，每一個人都是自己動手的大廚，每一個又都是大快朵頤的貴賓。田裡沒有自來水但有自來風，吹來食物的香氣也吹來煙熏火燎的氣息，還有農家孩子的尖叫。一開始擔心朋友的女兒受不了這種原始人的吃法，但是我發現她不僅吃得很嗨，而且很快就融入這裡的氛圍，看來，喜歡美味食物喜歡自然環境，是人的本能。

我跟朋友說到自己的擔心，她覺得女兒能有這樣的機會很幸福：「華盛頓長大的孩子，哪見過這樣的世面？這才是人應該有的生活。」—— 確實，在那樣的地方出生和長大，差不多就是現代生活的囚徒。

朋友一邊吃一邊感嘆，這樣還沒堵住她的嘴，一邊各種跟人聊天，隔一會兒就跑過來找我發感慨。我一邊吃一邊忙著照顧田裡的火，一邊給她的感慨做補充。

「他是不是來自部落，為什麼叫森林王子？」—— 該王子與

部落無關。森林者，因爲他的田以草爲本草比苗高猶如森林也。這位王子也種糯米，我的種子就是他提供的。不僅如此，在我的糯米收成之前，釀酒實驗所需糯米也是他的，價錢便宜到沒天理，有時候還根本不收錢。

「那邊燒烤的小伙子好酷，種了一池蓮藕，聽說還有甘蔗。」── 他用蓮藕的澱粉做蛋捲，很特別很好吃。他有個木製劃線器，是回收上個時代的老物件，老農夫廢棄後被他修好，春天插秧我借來用，感覺超級好。

「原來那對夫妻曾經在紐約開過建築師事務所呀。」── 他們家裡有各種各樣稀奇古怪意想不到的農機與農具，還有一個巨大烤箱，男主人自己動手做酸種麵包，對樸門農法有研究，我種田向他學習很多，他常說的一句話是：向自然學習。

「原來這位是香港大廚，還是專門培訓廚師的老師。」── 他喜歡各種各樣「搞剛」（厚工，台語，意指費工夫）費力的手工作法，如果你早來兩周，就會在這裡看到一片風景，所有的稻穀都倒掛在田裡，自然晾曬。這是一種傳說中的古老農法，個人目測觀賞價值高於實用，這樣種田搞不懂算是藝術行爲，還是行爲藝術。

「原來那對夫妻都是溯溪高手又玩攀岩。」── 我的紫糯秧苗就是他們給的，這家先生還是有證照的水電師傅，倒掛曬穀的架子，就是他帶我們一起動手做的，女主人養了一群雞，他們家院子裡還搭了一個樹屋……

「這才是人應該有的生活。」朋友再次感慨：「你們活得眞高級啊！」── 哦呃，又是「高級」。

　　這當然是讚美，而且也含我在內。但是親愛的讀者啊，如你所知，像我這麼氣量狹小的人，從來容不得別人比我高級。

　　「祝妳生日快樂！祝妳生日快樂！」雖然不是我的生日趴，但這是我一生經歷過的最高級的生日趴。

　　生日當然快樂，如果不被「高級」傷害我會更快樂。這樣生活當然快樂，如果不被這些人傷害，會更快樂。

　　我在歌聲蕩漾的農田裡暗下決心，一定要報仇！這些人，一個一個一個，各有各的高級。我可以原諒他們活得高級，但絕不允許這些高級跟我沒有關係——為什麼，這麼高級的活法，不是被我先發明出來的？

　　當然不能再吃柑橘餃子，老戲碼，沒意思。

　　也不請他們喝酒。村莊釀酒師傅請人喝酒，也沒新意。

　　但我不只是個釀酒師傅，我家廚房其實是個魔法盒，藏著取之不盡用之不竭的魔術。我要寫一本書，就像農友在田裡搭了架子炫耀稻穀一樣，把我的魔法一一展示。不管是恢復失傳的古早技藝，還是我自己獨創。

　　感謝命運機緣，讓我與你得遇。以此，向所有高級的活法、和一切活得高級的人，致敬。

# 上篇

## 向生命致敬

世上有一萬種可能
卻只有唯一的你我
其實我們沒有別的選擇

## 導讀
# 上不封頂下不保底地愛著

這句話是作者夫子自道。也是對讀者的邀請。

愛自己，愛生活，是人畢生的事業。
愛柴米油鹽的自己，愛吃吃喝喝的生活。

革命就是請客吃飯，請客吃飯就得有廚房。2018，是我五十幾年生命裡最爲奢侈的一年，擁有了今生今世最大的廚房。

員山側畔，蘭陽溪邊，我租住的老式農舍，進門就是寬大的廚房，面積超過十坪。波瀾壯闊的餐桌和操作台，幾乎可以做瑜伽。除了聚眾吃吃喝喝，還可以開吃喝體驗課。感恩餐桌讚嘆廚房，八位學員可以同時從容操作，我與助教和攝影師還可以悠閒地晃來晃去，與來訪的朋友聊天。這種感覺，沒有最好，只有更好……

院落空地種了菜，從產地到餐桌的距離，不到十公尺。黃昏時分採來菜，坐在石凳上擇揀，經常隨手丟進嘴裡，院落也是我的廚房。我們自己動手建窯搭灶，烤披薩包餃子做越南春捲，革

命就是請客吃飯，廚房規模極大關乎革命品質，沒有最高，只有更高……

　　當然，還可以有更大的廚房。前面說過農友將他的燒烤趴踢辦在了稻田裡，我們的廚房是十天前稻浪翻滾的田疇。農友們席地幕天有點兒像原始人的聚會，自己顧的田自己知道，沒肥沒藥的土地，就是人類的廚房。我們的廚房，沒有最大，只有更大……

　　如此寬大舒展的廚房，可以讓我把對於食物的理解從容鋪排。這一年間吃過我親手料理的，即使沒有上千人次，也有幾百。好不好吃，由他們自己評定，我不多說，只保證一樣：沒有過度加工，保留了天地賜予的味道與特質。這麼做不是愛「搞剛」，而是愛生活，沒有最愛，只有更愛……

　　對不起，必須打住，反省一下。如此這般有炫耀嫌疑，本是對讀者的邀請，很有可能變成一種恐嚇。很容易讓人誤解，覺得愛自己何其奢侈、愛生活前提昂貴，要有天寬地闊的廚房。

　　就像高級不是進名店砸錢，而是在傳統市場實踐簡單健康一樣，高級的也不是廚房，而是在廚房裡做了什麼，甚至，沒有廚房也能做出什麼。

　　我寫這本書顯然不是為了炫耀，必須認真反省，並據實相告：愛自己，愛生活，上不封頂下不保底，有沒有廚房都一樣。

　　擁有天寬地闊的廚房上不封頂不難理解，這是人生難得的際遇，得揮灑處且揮灑。但人生逼仄也常有，逼仄可以墜青雲之志，但不能不吃吃喝喝。

　　我經歷過最為逼仄的廚房，是在北京。曾經北漂十年，住不足三坪的出租屋，廚房不到一坪，更準確地說：只有一平方米多

一點，其實根本不是什麼「房」，只是貼牆搭出來的狹小過道，冬天透風夏天漏雨，三九滴水成冰三伏熱如蒸籠。但照樣在這裡操持一日三餐，與兒子團聚、邀朋友吃飯。

境遇可以沒有下限，就算廚房再小，還可以選擇請客吃飯，至少，可以請自己吃飯。

就算不能請自己吃飯，但人生不能沒有選擇。

四年前的此時，我在北京的牢裡，不僅不可能請自己吃飯，連一舉一動都不由自主。那時候，我被兩個看守24小時近身值守，只能給什麼吃什麼，不給就沒得吃，經歷各種極端待遇。作為一個吃貨，原本以為，混到連吃都不能自主選擇的境地是人生至慘，沒有想到，沒有最慘，只有更慘……

當然我寫這本書更不是為了比慘，所以那一段統統跳過不表。只說在那種不知自己是死是活的時候，好慶幸，我依然不知死活地愛自己、愛生活。

我在心裡給自己端出了一道自助餐，有兩種選擇：一邊是恨與恐懼，一邊是愛與寬恕。

就算我是牢獄與看守的囚徒，革命就是給自己選擇。我至少還可以選擇，不要做恨與恐懼的囚徒。

愛自己、愛生活，真的是一項下不保底的事業。就連身墜十八層地獄，都還有自助餐可選。


當然不是誰都能像我那麼幸運，有置之死地的機緣。很多時候，人面臨的問題是選擇太多不知如何是好。遠的不談，只說開門七件事柴米油鹽醬醋茶，面對鱗次櫛比的超市和琳琅滿目的商

品，我的辦法是把複雜問題簡單化，進超市比較成分列表，選擇成分單純，添加劑少一點的。外食的時候提醒老闆不要雞粉、不要醬油膏。

不管是請客吃飯還是請自己吃飯，革命就是做一點選擇。在牢裡，我不要做仇恨的囚徒；在超市裡，我不要做添加劑的囚徒。

作為一個經歷過生死考驗的人，我不怕死，但怕生不如死，我怕在環境汙染與食品添加劑內外交攻之下，順利死去之前就被活活變成木乃伊。

有選擇很重要。如果交出了選擇權，任由自己被外在環境決定、被權力系統選擇，那也是被囚禁。


用吃吃喝喝愛自己，是一項上不封頂下不保底的事業。

前面已經說過了我北漂時代不足一坪的逼仄廚房，其實還有更慘的時候，沒有廚房，僅靠一個快煮壺，照樣可以請自己吃飯。

甚至，在我徒步環台的時候，為了減輕負重連牙刷柄都要剁掉一半，連快煮壺都沒有，也是照樣⋯⋯

寫到這裡必須再次打住。因為我發現這麼寫下去，直接是下一本書的內容，太早穿幫劇透怎麼行？


總之，這本書是一個邀請。邀請你用吃吃喝喝愛自己，親自動手愛生活。

這是一生的事業，上不封頂，值得用一生去追尋，值得寫一本書來表達。

這是一項下不保底的事業，隨時隨地都可以開始。

對這本書的借鑑與運用，同樣上不封頂下不保底。書中課程是一個相對完整的系統，可以在自己的家庭廚房實踐活菌釀造全食物利用；每一種製作方式都技術開放，可以無窮延伸，讀者可以開發出更多可能性上不封頂；也可以僅止擷取幾種或者一種，嘗試最簡單的作法，下不保底。

用吃吃喝喝愛自己、愛生活，在天地之間做農夫、晴耕雨讀於廣闊田疇，以大地為廚房不是「頂」；活在都市、必須依賴超市，只有逼仄廚房甚至沒有，也不是「底」。只要願意親自動手，付諸行動，就可以離添加劑遠一點，離健康近一點。

邀請你成為這本書的讀者。用吃吃喝喝，愛自己，愛生活。在尋常細節裡一蔬一飯愛自己，在現實世界中，像戀愛一樣過生活。

這是一部致敬之作，致敬自然，致敬真正活過的生命，致敬台灣。正文分上下篇。

上篇以《向生命致敬》為題，是出場人物介紹，將書中出現的主角配角一一介紹給大家，兼講他們的故事，向真正活過的生命致敬。

如果你足夠愛生活，能把拚命都變成養生，如果你足夠愛自由，能把畫地為牢都變成實踐自由夢想的機會，如果你足夠愛自己，能在生不如死的境地拚命養生。講故事的同時，偶爾附贈彩蛋，帶出一些小食譜小技巧小作法。說到技術細節的時候，會在每一節最後再將操作內容重新梳理，並配圖。

　　下篇以《活過　愛過》爲題，以我如此愛過，證明我曾活過。主要內容是已經上演過的三堂扣子吃喝玩做動手課，還有即將上演的各種吃吃喝喝演倡會。以介紹製作爲主，附贈與課程製作內容有關的故事，每一節後面都會將製作內容梳理一遍，並配圖。

# 生命　以及生命中的鹽與糖

天空中飛舞著很多故事，我喜歡那些不知死活的吃貨版本。

人總是要死的，死在床上叫壽終正寢，死在刑場，那叫不得好死。恃才傲物的清初才子金聖歎哭廟哭出殺身之禍不得好死，天下沒有不散的宴席，刑場是他最後一宴。兒子跪在眼前，哀哀哭泣。

年輕人，要知道天下沒有不散的宴席人生苦短須及時調侃，金聖歎決定活躍一下宴席氣氛：「嗨嗨嗨小子別哭啦，我們玩對對子吧，老規矩，我出上聯你對下聯：蓮子心中苦。」事實證明金聖歎純屬吃貨無誤，死到臨頭，腦子裡居然不是兒子，而是蓮子——小雜糧。

兒子仍然跪在眼前哭。劊子手已經站到了身後，金爺依然不改吃貨本色：「笨蛋，你不會對梨兒腹內酸麼？」——水果與雜糧齊飛，離兒在即，卻惦記著梨兒。

這不是我隨口編來騙人，有野史為證，網路上飛舞著各種各樣與金爺有關的傳說，刑場特輯中都會有這副對聯施施然出場，當然，有的版本被改成「憐子心中苦，離兒腹內酸」。吃貨與歷史，各表一枝，我選前者。

據說金爺的臨終遺言無干歷史文化公業也非銀行密碼私隱，

而是「花生米與豆乾同嚼，有火腿滋味。此技能傳下去，死而無憾也！」金爺的故事有各種各樣的版本，包括遺言，也有說「五香豆乾與煮胡豆同嚼，有滷牛肉滋味」……不管什麼滋味，這種管它死管它活的境界，活出了滋味也死得痛快。當然，金爺對痛快，也另有解讀：「割頭，痛事也；飲酒，快事也。割頭而先飲酒，痛快痛快！」刀起頭落，餘味繞梁。

金爺，那叫一個痛快。

榜樣的力量是無窮的，我決定向金爺學習。

當然不敢學哭廟。哭廟是要割頭的，不能只圖痛快。我學的是「花生米與豆乾同嚼」，我不吃肉，不管火腿還是滷牛肉對我都沒有吸引力，吸引來自這種原理。花生豆乾都是平淡食材，有了痛快如金爺者遊戲生死，能讓刑場都結出絢爛。就像我醉翁之意不在酒而在釀酒，講金爺也不爲講故事，而要將痛與快同嚼品出人生五味，飲酒與割頭同杯得痛快滋味，苦與樂同釀得生活真味金風玉露一相逢便勝卻人間無數……

刑場是金爺的遊戲場，人生是他的遊戲場，危乎高哉，我只遊戲廚房。


開篇先講金爺的故事不爲介紹金爺，他太有名了，不用介紹，我要由此引介的是這本書真正的主角，我廚房裡的兩員看家大將——鹽和糖。

有人不同意，說糖和鹽同樣有名，也不用介紹。

我這麼做，是有原因的。先請大家想一想它們在廚房裡的位置：是配角，還是主角？

廚房裡的調味料台就像調色版，烏醋白醋水果醋辣醬甜醬蕃茄醬香油醬油料理酒……一個個包裝搶眼氣味張揚每一樣都有天鵝的架式，鹽和糖，只是不起眼的配角醜小鴨。

當然我的廚房裡也有麻油味噌豆腐乳醬油。但是，必須實話實說，鹽和糖之外的東西，我幾乎不碰。來我廚房的朋友多，操廚各有習慣，發現我這裡缺什麼，就自己帶來，用不完的就留下來。

我自己只用糖和鹽，而且都是最普通的，糖是台糖，鹽是台鹽，得自離我最近的超市。

不是不喜歡豐富的味道，我的餐桌色彩繽紛五味縱橫，酸甜苦辣樣樣不缺，但都得自天然食材，那才是人生五味的本源，何必要用那些商場裡買來的替代品？天地就是我的廚房，田園就是調味料罐，人生得意，有條件當然要任性，替代品統統靠邊站，我只用最簡單的鹽與糖，就能有千變萬化好滋味。

回首剛剛過去的 2018 年，廚房上演太多快樂與成就感，但最嚴重的打擊也來自廚房。

案發當時，年輕的小朋友從中國遠道而來，邀請當地農友吃她做的家鄉菜。「扣子妳家裡有料酒嗎？」

有啊有啊。我找出料酒瓶遞過去，並自豪備註：「這是正宗扣子製造，我用自己種的糯米親手……」

沒有想到，朋友立即把剛剛接到手的料酒又塞還給我，好像那是一個燙手的山芋：「嗯哪，扣子妳這裡，有正常一點的東西嗎？」

我的手還好，沒有燙到，只是心靈受到了重創。

　　她用到了「正常」這個詞，也就是說，判定我不正常。這詞也是隨便就用的麼？周星馳電影裡，精神病院是「不正常人類研究中心」。嗚嗚嗚，幸虧我的料酒沒有心，不然，料酒的心一定會滴血。

　　我知道她「正常一點」的料酒所謂何指，就是那種從超市購買，有註冊品牌標準包裝的工業化製造品。她生在中國長在東北，和同樣三十歲的台灣女孩與法國女孩也許素不相識，但她們都認識同一款料酒，在不同的國家不同的地方購自同樣的家樂福沃爾瑪，追尋源頭，來自同一個廠家或者同品牌。那才是料酒，工業化標準製造、商業化全球流通，那才是正常料酒，而我在自家廚房裡親手做出的料酒不是，至少不正常。

　　從原始人類使用火開始，人加工食物的歷史已經一百八十萬年，工業化食品加工不過兩百年，化工業的加入則要更晚。這麼短的時間裡，香精色素包裝物防腐劑標準流程統一品牌，人類餐桌被工業化生產和商業化銷售攻占，不僅影響身體健康，也影響我們的思維品質。

　　妹妹呀，妳知道那些正常的料酒是用什麼品質的米、怎麼做出來的嗎？知道有多少添加劑嗎？

　　那些「正常的」料酒，和工廠裡用於製造它們的機器沒有差別，差別僅在於，它將進入我們的身體。

　　我清楚自己的米是怎麼種出來的，同樣清楚這瓶料酒從無到有每一道工序，保證完全徹底無農藥無公害無添加，而且都是活著的、會呼吸的真食物……越想越傷心，恨不得對準手中料酒一頭撞將上去：妹妹呀，我將此心托明月，奈何明月照溝渠……

2018年的另一次重創，還在我家廚房——噢天哪，看來廚房就像哭廟與刑場一樣，同樣都是危險之地啊。

那天我請當地農友包餃子，幾十個人熱熱鬧鬧包了千多粒餃子。一位農友大哥過來問我：「扣子，妳的蘸醬呢？」

我被問住：「蘸醬？」

「吃餃子的蘸醬啊。」—— 我繼續問：「什麼蘸醬？」

農友反問：「吃餃子，怎麼可能沒有蘸醬？」

我仍然麻木不仁，農友恨我不爭，只好把指令具體化：「有醬油膏嗎？實在沒有就算了。醬油總有吧？有大蒜嗎？你把大蒜弄碎了，和醬油拌一拌。」

我一邊按指令操作，一邊欲哭無淚。不是捨不得那點醬油和大蒜，哭的是我精心調製的餃子餡。

我從頭一天就開始準備，先養肉餡，用上了花椒水＋自製料酒＋糯米酒釀，不僅去腥加香，酒釀料酒中的活菌與肉在冰箱裡反應一晚，活化肉質，口感鮮嫩。雖然我自己不吃肉，但調肉餡的每一步都不會馬虎。台灣人很少吃花椒，嫌麻，但吃我的餃子都會說到花椒的香味太美妙。當然美妙其來有自，每一粒餃子裡，花椒的香氣有三重，第一重是養肉餡的花椒水，第二重是將蔬菜切細之後拌菜的花椒油，加鹽之前拌油，在切口面形成保護膜，加香＋保水，有營養，更軟嫩。第三重是花椒粉。我用千里萬里而來的家鄉花椒，先經溫油慢焙，融入了花椒香氣的油拌蔬菜，焙酥的花椒用擀麵杖擀碎後撒進餃子餡，買的細粉花椒粉沒有這種粗粗的顆粒感，如此自製的花椒粉，吃進嘴裡才有豐富的層次。一公斤肉用到的花椒不過幾克，但好味道背後是有無數的心血呀……

　　那天不僅有東北酸菜、芹菜豬肉、韭菜豬肉等重口味，也有茭白筍胡蘿蔔這類清新派，還有我自己獨創的柑橘風味組合，七種口味種種不同，不論濃郁派清香派，保證越細品越是回味無窮。但是，但是，所有的味道，全被淹死在一團濃烈的重口味蘸醬裡。早知如此我是何苦來哉，不如去商場買一堆冷凍餃子隨便煮。

　　嗚嗚嗚，哥哥呀，蘸醬淹死的不是餃子，明明都是我的心血，嗚嗚嗚嗚嗚，我要去撞牆⋯⋯

　　後人痛定思痛，說害死金聖歎的不是手起刀落的劊子手，而是殺人的文字獄，繼續向下追問，則是文字獄背後的皇權帝制獨裁權力。

　　我也痛定思痛，害死我的，不是三十歲的中國城市女生小妹妹，也不是六十歲的台灣有機農夫老大哥，繼續向下追問，會問出什麼？

　　工業化生產加工、商業化食品銷售系統，甚至把人也變成了其中一環，不僅把味覺變成了添加劑的實驗場，人的生命也一樣。工商業壟斷形成了自己的權力系統，不僅掌控了我們的生活，還改變著人們的思維。

　　儘管我們看上去有自己的小家庭，儘管台灣有民主政治公平選舉，儘管現代政治文明強調個人權利和私領域「風能進雨能進國王不能進」，但是，我們的廚房和我們的生命，早已經淪陷。

　　不要以為只有國家權力政治權力才是權力，料酒蘸醬同樣也是，它們不僅登堂入室占領了我們的廚房，也長驅直入占領生命，從味蕾到頭腦。

說到底，害死我的和害死金聖歎的是同一個兇手：權力。

只邀請最簡單最普通的鹽和糖進入我的廚房，當然首先為了健康，也是要拒權力於家門之外。

我要從無孔不入的權力系統手中，奪回自己親自活著的權利，奪回生命自由選擇的權利。

親愛讀者你已經看到了，我想介紹的，還有自由。有請下一位出場：自由。

# 自由　以及實踐自由的願望與能力

　　天空中飛舞著很多故事，這一節不講人是怎麼被害死的，換個勵志的。

　　上一節從金聖歎的死講到我的死，幾百年又痛又長，這一節簡單，只講人是怎麼活下來的。

　　加拿大北部的因紐特人，祖祖輩輩住在傳統的冰屋子裡，天寒地凍，零下幾十度嚴寒，沒有電，沒有暖氣，也沒有自來水。政府覺得這樣不與現代文明與時俱進，太過悲摧，於是建好了新房，請他們遷村。

　　說是「請」，但是這種請，因為有了國家權力的背景，其實就是命令啦。

　　有的願意，有的不願意，有的是拗不過政府，有的是拗不過家人。總之，情願不情願地，還是要搬家。

　　只有一位老爺爺，堅持不走。

　　老人家就是拒絕現代文明拒絕進步拒絕從天而降的好日子，家人動之以情曉之以理軟硬兼施全無效，決定換種方式。他們搬走了所有家當和食物儲備，只留下了兩條狗，料定老爺爺堅持不了幾天，就會乖乖就範，轉去投奔現代人的幸福生活。

　　兩手空空的老爺爺，走到院子裡，解開身上的皮褲子做了一件很不雅的事：解大便。

　　一邊解大便，一邊做了一件更不雅的事：將大便解在了自己的手上。

　　老爺爺趁大便剛剛離開人體的餘溫，在被凍住之前塑造成一把刀。

　　在極地嚴寒中，屎刀很快被凍實，堅硬如鋼。老爺爺揮刀殺掉一條狗，再將狗皮割成繩子，一頭繫在活著的狗身上，一頭繫在死掉的狗的肋骨上，用雙手和屎刀造了一部雪橇。

　　一意孤行的老爺爺啊，就這樣載著他的糧食（狗肉），與他的寶刀一起，與現代文明背道而馳，消失在風雪之中。

　　第二年，家人和族人再次回到故居，他們一步躍入現代社會度過了第一個溫暖的冬天，也在不屬於自己的生活中患上了各種現代不適應症。因紐特人不是拒絕電燈電話現代科技公共服務，而是不能沒有自己的生活環境與文化傳承。

　　他們回到被廢棄的村落，做好了為老爺爺收屍的心理準備，見到的卻是神采飛揚的老爺爺本人。

　　後來，很多年過去，加拿大政府向因紐特人各種道歉。對他們生活方式的修復和賠償，也是加拿大轉型正義的一部分。

　　老爺爺的故事，在現代化網路裡飛舞，一網打盡所有的讚嘆，不論新人類還是新新人類。


　　榜樣的力量是無窮的，我要向老爺爺學習。

　　當然學不來屎刀，台灣太過溫暖，條件不具備。另外，我不

吃肉，讓一條狗為我犧牲生命，不值得。

我要學習老爺爺的獨立自由風範，權力於我何有哉，還有他強悍的生存能力。

幾百萬年以來，人繁衍、取予、生死，一直是自然裡的一部分，但短短幾百年強大到忘乎所以。似乎不再是自然的一員而是自然的主人，越來越不知敬畏似乎也不必敬畏。

看上去，人的力量越來越強大，強大到可以改天換地。但我們所擁有的自由不是更多，而是更少，越來越依賴現代社會系統，越來越依賴權力系統，甚至被異化為權力系統的附庸。

哪怕是所謂人生勝利組進入了這個權力系統，成為權力金字塔頂的官員，或者攻占收入金字塔的頂端，又能怎樣？上最好的大學進最好的公司拿最高的薪水建豪華別墅買昂貴名酒，和那些出入類似商場會所選購同樣品牌的人沒什麼不同。只要離開了這些權力系統，就什麼都不是。

不要以為我「權力系統」之所指僅限國家權力。供水系統供電系統，企業生產資金貨幣系統，文化教育衛生醫療，哪個不是？

身體的從屬宰制會改變人的思維與思想，從行動到頭腦都成為權力系統的從屬。人臣服於所有的權力系統並被它們控制，只是遠離了自然，貌似呼風喚雨，但都只是權力系統裡的零件，只是在花樣翻新地做別人。

我敬佩那個因紐特老爺爺，儘管他除了屎刀什麼也沒有。

東方傳說中也有一位老爺爺擊壤而歌，「日出而作，日入而息，鑿井而飲，耕田而食，帝力於我何有哉。」只順服自然，不屈從權力，擊壤而歌的老爺爺是獨立自由的，極地冰雪中的因紐特

老爺爺也是。但我們不是，怎樣條分縷析言說自由民主都不是。我們離開權力系統就活不下去，身為附庸空談獨立自由，欺人自欺耳。

只有選擇自由的意識不夠，有拒絕權力的勇氣也不夠，有言說與宣言還不夠，還需要有實踐自由的能力。

擊壤而歌老爺爺，我所欲也，因紐特老爺爺，亦我所欲也，二者不能得兼，首選因紐特老爺爺者也。

這麼選不是崇洋媚外。先秦時代擊壤而歌，那是人類社會的開創年代，這種活法比比皆是，敬天畏地順服自然是時代主流，那個時代的「帝力」也還對天道有所敬畏，頂多自謂「天子」，天老爺老大我老二。但當下是一個國家權力和各種權力系統無限膨脹唯我獨尊「天老爺老二我老大」的時代，總有人以為只要擁有了權力就可以人定勝天。而人的進化過程也成了一種退化過程，我們失去的不僅是獨立自主的能力。在自以為是的國家權力、傲慢自大的「先進文明」面前，赤手空拳的因紐特老爺爺，用一把屎刀，優雅顯示生命的力量、另一種文明的力量，這也是自由選擇的力量和人生尊嚴的力量。

我用到了「文明」這個詞。人類文明從原始人類、神話時代、傳說時代一路走來，人和其他的動物、甚至是和植物差不太多，屬於自然，人類的文明也一直都是長在土地上的。工業革命以來，人的生活、科技進步和權力系統處於巨變，日益遠離土地高於自然，一飛沖天忘乎所以，開始有人自信人定勝天。「知識就是力量」，「認識自然、改造自然」，發現某一種細菌致病、致命，然後發明藥物採取手段殺滅，現代醫學甚至可以阻斷基因、

基因改造、人造人；發現蒸汽驅動發明機器發明大工廠發明跨國企業全球化，工業革命產業革命甚至要太空革命開發外太空……與此同步，人離土地越來越遠，從田園通往村莊通往城市和更大的城市，小國寡民通往民族國家和超大國家……曾以爲這就是文明、是進步。

「驕傲無知的現代人不知道珍惜，那片未被文明汙染過的海洋和天地」，慢慢遇到太多問題，環境生態的懲罰、自然規律的報復，不得不反思現代科學的無知。發現現代人生活方式導致了孩子越來越高的白血病發生率要回頭求助於益生菌，不得不反省現代文明的野蠻、檢討曾經如何對待因紐特人要轉型正義……

不僅人類社會、人的組織形態需要反思與回歸，個人生活與生命健康也一樣。

擊壤而歌老爺爺，我所欲也，因紐特老爺爺，亦我所欲也。當然，我是我，不可能變成你，作爲一個「生理女＋心理女」不可能變成老爺爺，無論因紐特老爺爺還是擊壤而歌老爺爺。不過那不重要，我至少可以成爲一個特立獨行的老姐姐，種田釀酒從容特立，發動一場生活革命與更多人優雅同行，在宜蘭豐美之地春風秋雨中從容優雅老去，成爲一個特立眾行的老奶奶。


「生命誠可貴，愛情價更高。若爲自由故，二者皆可拋。」課本裡有這首詩一直讓我大惑不解：爲什麼要爲了自由拋棄生命與愛情？能不能生命、愛情、自由，還有各種好吃的，都要呢？

可見，從小，我就顯現了作爲一個吃貨的潛質。

成年之後，在「魚與熊掌」之間，拒絕被動追隨人云亦云，

捨熊掌而取魚者也，顯現了一個吃貨特立獨行的品格 —— 其實，
主要是因為我不吃肉，還能接受魚。

　　後來知道，魚比熊掌含有更豐富的營養成分，吃魚更有益身
體健康。出於本性，唏哩糊塗做出了正確的科學選擇。

　　再到後來，才知道更多，原來我作為一個吃貨，出於本性，
唏哩糊塗做出了太多正確的選擇，這本書，寫的就是這些。

　　吃不用著急，這本書全都寫吃，現在要出場的是 —— 愛情。

# 愛情　以及與愛情有關的八卦故事

　　天空中飛舞著很多故事，這一回，不說死，也不說生，說說愛情。

　　雖然我曾是公益媒婆，半生作媒無數，但是說到愛情嘛，只能借用那首歌詞「這就是愛，說也說不清楚，這就是愛，糊里又糊塗……」既然愛情本人不容易說清楚，那就講一點與愛情有關的八卦故事。

　　第一個故事年代久遠，發生在幾千年之前。

　　「報、報、報、報告，我發現了一椿不倫之戀。」

　　當杜康抱著瓦罐，上氣不接下氣跑來打小報告的時候，黃帝皺了一下眉頭，就像並不掩飾他的驚異一樣，沒有掩飾對杜康的不滿。

　　杜康繼續說：「我們的軍糧，居然在跟樹洞談戀愛。」

　　黃帝不像杜康那麼沉不住氣，穩住自己，讓他把話說完。杜康本是黃帝麾下得力戰將，亦有大過，上一年看管軍糧，讓軍糧在山洞裡發霉，如果沒有曾經的戰功，早就拉出去砍頭了。黃帝知道杜康今年把軍糧存進了樹洞裡，也擔心再出紕漏，但是自己

也沒有好辦法，只好任他一試。沒想到交來這麼不靠譜的報告：

「讓你看管軍糧是爲戴罪立功以觀後效。你卻大談軍糧與樹洞之間有的沒的，糧草官變成了八卦王，如果軍糧再出紕漏，定要砍你項上人頭。」

杜康卻認眞起來：「向上帝保證確確實實有戀愛發生，我把他們的孩子都帶來了。」

他把手中瓦罐呈上來，黃帝打開，好衝的氣味，忍不住又皺了皺眉頭。

杜康卻不以爲意，鼓勵黃帝試試看：「喝吧喝吧不是罪，軍糧庫的兄弟們都試過了，全都醺然欲醉。」

我不囉唆，接下來的故事大家都知道了，黃帝一試大喜，正忙於造字的倉頡給了這種神奇液體美好的字形：「酒」。一個新詞自此誕生，一個新神自此誕生，杜康成了東方傳說裡的酒神。


第二個故事，發生在我自己身上。

「種田，就是與土地談一場戀愛。」

賴青松此言一出，不知別人做何體會，我是被「嚇到」了。

說這話的時間是 2017 年 12 月 20 日，地點是宜蘭員山鄉深溝村，再具體一點是在青松太太的美虹廚房，2018 年當地農友開放社群「倆佰甲」的新農說明會。現場除了賴青松、楊文全、曾文昌三位老農夫，還有即將來此務農的十多位新農，其中有我。

說明會的目的是幫助新人瞭解即將進入的土地。賴青松講深溝新農聚落的由來，他自 2000 年初試友善農作，2004 年獨闢蹊徑發起「穀東俱樂部」，2011 年邀請關注農村問題的社運組織「台

灣農村陣線」合作「宜蘭小田田」計畫，為日漸凋敝的村莊引入新農，2012 年楊文全發起「倆佰甲」幫助更多人進入村莊。楊文全和曾文昌講解種田須知，可能遇到的螺災草災病蟲害，介紹物資農具種籽種苗資訊，如何與周邊慣行農法、老農、地主相處，還有外來新農融入當地社群可能遇到的問題……

說明會臨近尾聲，接下來楊文全要帶新農夫看田。賴青松又舉手示意：他有話要說。

沒想到這次開口文風大變，十足文青，詩意到讓人無所適從。

我已經做好了所有的準備，借用拜倫詩句，「任什麼樣的天氣和運氣，這顆心早已準備好。」管他什麼颱風暴雨病蟲害，農藥慣行陰雨天，大不了跟它拚上，不信一個大活人玩不轉兩分田。

談、呃、戀、愛？——好驚悚的比喻。

戀愛也能隨便談麼？都說老傢伙談戀愛就像老房子著火沒得救。我五十幾歲了，禁得起這麼折騰嗎？

我與我的田，一見鍾情。員山側畔，蘭陽溪邊，面朝大河，灑滿陽光，天造地設一片美田。

記得當時賴青松還特別強調，這種境界不是一下就有，要在朝夕相處的過程中慢慢產生。但我與土地一見鍾情就愛入膏肓，那可如何是好？

賴青松務農十幾年，他種「青松米」，也讓「穀東制」這種新物種在台灣落地生根。他是「社運黃金十年」成長起來的年輕人，有過社運、環保工作經歷，曾經任職「主婦聯盟」，但「穀東俱樂部」既不在傳統農業規範也不合現代企業邏輯，亦非社運

組織 NGO 模式，是一種「生產—消費自組織」。如今當地百餘位小農多採這種運行模式。每人都有一個建立在互聯網和現代物流系統基礎上的自組織。

楊文全來深溝播下一粒名爲「倆佰甲」的種子，「用開放社群的理念培育新農」，發願陪伴兩百新農，實踐兩百甲友善種植的夢想。人力與資源流向城市、農村凋萎是世界性問題，但這裡雁陣逆風飛行一百多位新農棲落宜蘭。目前台灣有機種植占土地總面積的比率約 1.5％，這裡友善種植接近半壁江山。

賴青松小我幾歲，楊文全稍長，新農中年輕人居多，有的比我兒子還小，但不論長幼我都尊爲「前輩老農夫」。有賴他們的開拓傳承，才能讓現下如我，能夠很容易地進入深溝，實踐務農夢想，也能夠在他們探索嘗試的基礎上，印證我對未來組織形態的期待與想像。

我做社會觀察關注如何組織社會，我種「自下而上的自組織」，已在中國耕種二十幾年，還想種一輩子。原以爲不管情勢如何，溫和建設者如我，總有空間、總有可能，沒有想到半百之年爲救性命於崩潰只能跑路來台灣。半生追尋，「自組織」我所欲也，「開放性」亦我所欲。深溝小農群落，是開放社群意義上組織的組織化，踏破鐵鞋得遇深溝。這段一見鍾情的愛戀，或可以說是由來以久的尋覓。

如此說來，我之於深溝，不是旋來旋往的一見鍾情，而是冥冥之中因緣注定，讓我風波動蕩的追尋在此地棲落，與這片土地，結一段情緣。

發生了什麼？說也說不清楚。但我知道，這是愛情。

　　有人說不是那麼回事，說什麼一見鍾情根本是在騙人，都是因為在我的偉大國家裡做公益有風險，2014 年被偉大光榮正確的黨以「顛覆國家」通天罪名抓進黑牢並被打入黑名單，半生積累付諸流水什麼事都做不了，原本一往情深愛公益，現在移情別戀種田釀酒純屬無可奈何。

　　其實，你們不知道，我的「移情別戀」，從 2010 年就開始了。

　　那時候我還是個滿天飛的公益人，一線執行、採訪寫作、紀錄片拍攝、公益媒婆……無數頭緒多頭並進，其中一件事是為四川 512 地震中受傷致殘青少年提供支持，有位志願者小宋是工科博士，用他科學家的嚴謹剖析我：「沒見過這個年紀還能這麼拚，恐怕燒不了幾天就會掛。」當然，事實證明他看走眼了。

　　很多人都勸我不能太拚命要愛惜自己，但是他們不知道，拚命做事，其實是我愛惜自己的方式。別人看來，我是不知死活地愛公益，其實是在不知死活地愛自己。只聽說過失戀致死，沒聽說過戀愛致死的，戀愛中的人，總是有無窮無盡的腦內啡可供燃燒。當然擔心也非全無好處，讓我有飯吃，小宋總會請我吃飯，加點油。

　　吃飯那天我剛剛趕到北京，是凌晨四點多從成都起床奔機場，趕早班航班到北京，正好上班時間赴第一個約……等到與小宋一起吃晚飯，已經是當天的第五件事，然後要趕夜班火車去往另一個城市。

　　吃過了小宋的晚飯，上火車離開之前還有一個約，約了一撥另外的志願者聊接下來的培訓。我一見面先舉報重大案情：「我發現小宋與 Nancy 似乎是在談戀愛，明明小宋請我吃飯，結果 Nancy

先到張羅一切，一看就知道他們關係不正常……」（註：Nancy
也是我們的志願者）

　　沒有想到志願者齊齊爆笑：「哈哈哈哈沒有想到妳這麼八卦」
「扣子妳怎麼能這麼雞婆……」

　　人蔘吶，爲什麼這麼不公平，杜康舉報愛情流芳千古，我就
成了八卦雞婆？

　　杜康無過有功成了酒仙，倉頡造字傳播同樣厥功至偉，儘
管杜康明明報錯，跟軍糧戀愛的不是樹洞是酵母，還有科學爲
證。我也舉報一樁愛情，並有事實爲證，他們後來千眞萬確結婚
了……天哪天哪人蔘實在不公平！

　　痛定思痛，全都是因爲行業不同。眞是做公益有風險，當時
我就痛下決心，要向杜康學習，釀酒。

　　其實，我主要是受不了這些人的刻板印象，爲什麼公益人就
不能雞婆八卦？

　　刻板印象害死人吶。我就是不能被他們的刻板印象框死。


　　同樣在那幾年，我還犯過一個巨大的錯誤，痛失黃金商機，
放過了一個發財的機會。

　　那時候，誰都勸我悠著點，不要太拚命，要注意養生。我總
打個哈哈混過去：「我這麼拚命，恰恰是在養生，拚命養生法。」

　　「什麼亂七八糟的？沒聽說過什麼拚命養生法。」

　　唔唔唔，這是我獨創的養生新流派。公欲養其生，必先利其
心。不管是512救援還是做社會觀察還是當公益媒婆，都是眞心
想做非做不可的，而且機會難得，所以只要得到機會就得拚命做，

這樣才能活著過癮死了不虧，人生玩我我玩人生，各有各玩法各得各樂趣，苦難痛快生死得失兩不相欠。如果不做，想死的心都有，哪裡還有什麼心思養生？養生必先養心，順應我心，就得拚命，恰恰就是在養生……

當時只是胡說八道隨口說個痛快，不想別人爲我擔心。但是後來，看到這樣那樣的養生術大行其道大賺其錢，忍不住後悔。直到現在終於決定寫本書，將我的拚命養生寶典公諸於世。

# 拚命　以及拚命者的養生夢境

我曾經做過一個極其療癒的夢。不僅療癒，而且勵志。

夢一開頭我就掛了，像小宋他們擔心的一樣。

掛掉之後，靈魂直上天堂。天堂人擠人，都在排隊向上帝交帳。

每個隊伍都有自己的名稱，一個一個看過去，「拚命掙錢」「拚命當官」「拚命讀書」……都不適合我。

啊哈，終於看到有個「拚命養生」，哈哈上帝太理解我了，就排進去。

隊伍裡每人手上一把刀，維持秩序的天使說，這是上帝給我們的禮物，現在要交還上帝。

排進來就發現站錯隊，我跟別人太過不同。他們的刀都跟新的一樣，而我的磨損到面目全非，刀將不刀。

我前面的人到上帝面前交上手裡的刀，一併彙報自己如何養生：「精心打理一日三餐，外出時隨身帶便當。」「只買有機店食物，從不進一般超市。」「每天做養生功，按時作息，保證十點關燈就寢。」「每周按摩，定期體檢。」……嗚嗚嗚，我是

拚命做事無所不用其極，以爲這樣就是養生，但人家眞的是在拚命養生無所不用其極，排到這樣的隊伍裡，根本驢唇不對馬嘴。

我恨不得找條地縫鑽進去，但是天堂沒有地縫，只能硬著頭皮走到上帝面前，將那不成體統的刀交出來。

知道不好向上帝交帳，於是先下嘴爲強自我批評：「實在對不起，我沒有好好保管這個寶貴的禮物……」

上帝把玩那柄慘不忍睹的刀，說出來的話玄而又玄根本聽不懂：「這確實是一個寶貴的禮物。對妳如此，對我也一樣。」

上帝問我都是拿這做過什麼？寫書採訪紀錄片救災家訪做培訓跑步爬山蓋房子……最後實在理屈詞窮，只好再次道歉：「實在對不起，我沒有好好愛護這個寶貴的禮物。」

上帝溫柔接過我的話：「生命確實是個寶貴的禮物，你的使命不是保管它，而是使用它。把它用成這樣，我的孩子，恰恰是善用了這個禮物……」

上帝啊祢太理解我啦！我在夢裡嚎啕大哭，把自己哭醒了，醒來立即找日記本，原原本本記下來。這麼重要的話，怕忘記。

事實證明我多慮，這樣的夢怎麼會忘？實在是太療癒了。

這樣的夢，不僅療癒，而且勵志。

上帝在夢裡說過的話，每一個字我都記得一清二楚，激勵我繼續拚命養生。

人生最寶貴的禮物是生命。我的使命不是保管它，而是使用它。我要善用這個禮物。

　　「拚命養生」當然是玩笑，另一個玩笑是「生活穩定最不養生。」

　　生命狂轉的日子裡，每天醒來會先問問自己「我在哪裡？」永遠行無蹤跡永遠居無定所，永遠有做不完的事。但是，永遠不要低估我們的生命。拚命是一種生活態度，也是一種健康狀態。在為心願拚命的時候，生命會是最忠實的隊友，我在那樣的生活裡，活得健康強韌，就像打不死的小強。

　　人生之中，最為穩定的是被抓進黑牢那段日子，永遠不用問自己在哪裡。

　　奔波十年好好的，關我 128 天，人就垮了。

# 拼命養生法　以及拼命者的養生寶典

不開玩笑，我是眞的有一套「拼命養生法」。本來是想放到後面才寫的。但是故事寫到這裡，順流直下，只能提前劇透，先把那些寶貴內容放在這裡。

先說我有多拼命。前面說過了，兩眼一睜，忙到天黑。不是拼一天兩天，也不是一年兩年，從我 2004 年去北京當北漂全心全意做公益，到我 2014 年被黨國活捉「顛覆國家」，整整十年。

再說我的養生效果，被抓之前一年，香港百公里山地越野「毅行者」完賽，用時 36 小時，第二天照樣還能去爬山。被抓之前大約半年，做過一次體檢，各種指標都很漂亮，體檢表上對我的綜合評估是「身體年齡 39 歲」── 實際年齡 49 歲。

前面已經說過了，我拼命養生，有個重要的前提：養生先養心。

我養心的辦法是順應自己內心的需求，拼命做事。

曾經，作爲一個拼命的公益人，我是這麼做的，如今作爲一個養生書作者，也這麼說。

我的拼命養生法「上不封頂下不保底」，不會要求「必須＊

＊」，也不說不冷不熱的溫吞話「適度折衷」。

　　如果有人說，自己有更重要的事，所以必須拚命顧不上養生。怎麼辦？

　　我會先說「祝福你」。上帝給了每人一把同樣的刀，如果我們一輩子拔刀四顧心茫然不知道如何是用，最終將這寶貝原封奉還，實在是辜負了上帝的美意。

　　人生遇到心之所屬，一定不要錯失拚命的機會，順應心意，才是最好的養生。拚命做公益、拚命採訪、拚命寫書，甚至拚命養生，只要找到了願意爲之拚命的事，都要祝福你。

　　但是如果說拚命就顧不上養生，我不贊同。


　　在養心前提之下，拚命養生法的第一條：拚命走路。

　　「管住嘴，邁開腿」是人常說的養生祕訣。我舉雙手雙腳贊成「邁開腿」，走路，是一樣老少咸宜的養生法寶，我走到哪裡推銷到哪裡——還好，這個法寶沒有專利，我只推銷也不收錢。

　　走路不僅能治身體的病，還能治心理的病，幾次陷入抑鬱，走路都是我的救命法寶。這粒靈丹妙藥的基本劑量：日服兩次，一次半小時。有人說太忙沒時間走路，也有人說活在都市沒條件走路。你再忙有我那時候忙嗎？最忙的時候，在北京香港這樣的大都市，照樣走路。出門的時候提前半小時，早兩站下車，走路半小時。回來同樣提前下車，再走半小時，一日基本劑量就有了。如果願意多走多服，恭喜，你得救了。

　　這個非常重要，但實在不能多說，我已經寫了三本書，《走》《走著》和《敵人是怎樣煉成的》，講的就是那段經歷。各位可

以不必管那些教訓與過程，只記住我的經驗和結論就好啦：走路
有益身心。

邁開腿，走路最簡單，不用多說。這是一切進階運動的基礎，
怎麼跑馬拉松怎麼山地越野是進階版，已經有很多書敬請自己參
照，我這本書，主要講吃。

拚命養生法第二條：拚命吃。

有人一看就炸：怎麼可能，都說要「管住嘴、邁開腿」。你
讓人拚命吃，一定是在騙人。

但是，我就是這麼做的呀，從來不管自己的嘴，遇到喜歡的，
一定放開了吃到夠。

不開玩笑，我是認真的。拚命養生法第二條就是拚命吃，不
要跟自己過不去。

有人看到這裡受不了，要把這本書丟進垃圾桶：拚命吃，怎
麼可能養生？

但是且慢，請看真實案例：

我愛吃水果愛吃菜，是蔬菜水果不限量選手，我媽說我上輩子
不是兔子就是猴子。嘴愛吃的，就是我的天性，為什麼管著它？
跟自己的天性作對，不僅嘴不爽，心也不爽。養生先養心，傷心，
最不養生。

舉例說明：2008 年 512 地震之後，四川一直是我的主要工作
區域，直到 2011 年。當年我在四川鄉下，家訪路上，只要遇上鄉
間集市，一定揀最便宜的水果買一大堆邊走邊吃，一路走一路拚
命吃。

　　至此，終於可以引出我想說的：想要吃得健康不是要管住嘴，而是要給自己的嘴輸送對的食物。我從不給人推薦所謂「獨創保健品」，也不迷信某種產品某個品牌。只說在對的地方、對的時候吃下去的，就是對的食物——注意，不是食品是食物。

　　比如說，這本書一開頭，我與阿仙去傳統市場買當地應季水果，這就是在對的地方、對的時候。

　　剛剛說過了，我在「四川鄉下」，512 地震後我住極重災區青川縣鄉下，平時跟房東一起吃。川菜特點是「油」和「辣」，非我所欲。如果是在餐館吃，一定要一碗白開水，再倒半碗醋，入口之前在醋水裡過一遍，去油減鹽降辣一舉三得。但是在家不行，房東給我們什麼就吃什麼。房東把最好的東西盛在我們碗裡，油水最足最香最辣的那些，如果挑挑揀揀，他們會傷心，而傷心，是最不養生的。

　　我們住的村莊遠在深山，村莊小店只有香菸劣酒餅乾泡麵，沒有蔬菜水果，只有等家訪路上遇上鄉間集市。請注意是在「鄉間集市」，買「最便宜的水果」，定是農家自產、當地當季。

　　寫到這裡起身去翻冰箱，找出釀酒之後的冷漬洛神，又吃了一通。我自己種出來的洛神，正當產季，剛剛釀酒完成，浸在25%的糖水裡進行釀造的過程，不僅去酸澀提甜度，還增加水分改變口感，酸甜適度口感清爽，對的地方、對的時機，放著這麼好的東西不吃，會傷心。

　　我當時過勞、壓力大、睡眠不足、飲食不健康、作息無規律……幾乎違反了所有的養生戒律，長期超負荷運轉，不僅做了很多匪夷所思的事情，寫出了《可操作的民主》，還完成了我人

生的第一次百公里毅行，下不保底的拚命養生法厥功至偉。

　　感謝上帝給我的寶貴禮物，還有一張熱愛美食的嘴。我要做的，就是用自己的雙手，給嘴提供又健康又美味的食物，在條件不具備的情況下，至少要能為自己的嘴提供最低的保底配置。

　　只要足夠愛自己，就能找到辦法，讓拚命的過程，都成為養生過程。現在有請我的拚命養生套裝：

　　我的包裡，一直有幾個小瓶，一瓶炒熟的黑芝麻，一瓶全脂奶粉，一瓶原味即食麥片，還有黑木耳。都不用多，每樣50公克左右就好，我稱「二黑二白」。

　　黑木耳黑芝麻的營養價值，敬請上網查詢。四川是木耳產地，我選那種鈕扣大小的「秋耳」，睡前揀幾粒清水泡上，一早將水倒掉用開水沖一遍再倒掉，去味，然後放在保溫杯裡，沖開水。水可以隨時倒出來喝，繼續加熱水，午餐時分木耳就可以吃了，是脆的，一直加熱水，晚餐時分更軟糯。人在外面不一定吃得到菜，甚至不一定吃到飯，沒菜可吃的時候木耳能夠代替菜，沒飯可吃的時候能增加飽足感。

　　早起空腹嚼一點黑芝麻，有通透功效。養生界有個時尚說法叫排毒。「吃得下、拉得出、睡得著」是衡量健康狀態的重要指標，黑芝麻黑木耳二黑配置堪稱通透保鏢。

　　拚命養生年代經常吃飯不及時甚至沒飯可吃，二白是我的救命糧──全脂奶粉和原味即食麥片。

　　注意定語！奶粉是全脂奶粉，可以不限品牌不限產地，但從來不選脫脂奶粉和加鋅加鈣的功能奶粉。全脂奶粉加工過程最簡單，營養損耗最低添加物最少。這麼選不僅是因為我血脂不高，

而是對添加物的戒備遠高於「全脂」。人血脂高淵源有自不要遷罪全脂奶，全脂奶是牛媽媽給孩子準備的，動物本能，媽媽給孩子的，都是最好的，人媽媽給孩子也是全脂奶。

麥片強調「原味」，同樣不限品牌產地，我買的是超市裡最便宜的普通貨。不要加了奶精香精和糖的調製麥片，差不多一半是添加劑。我的嘴不是化工廠的進料口，一旦調味麥片入口就會引發身體反應。一直自豪於能適應任何艱難困苦環境，就是適應不了添加劑，有人說這是現代社會標配，那沒辦法，對此我進化不達標。

「二黑二白」是拚命者養生最低配置。512 地震救災期間，災區一片混亂，經常吃不上飯，牛奶麥片不僅是我的救命糧，也救過別人。

提示：黑芝麻也可以換成黑芝麻粉。沒有黑芝麻，換成白芝麻也行。買不到熟的生的也可……瞧瞧，就是這麼下不保底。

炒熟的黑芝麻容易受潮，倒進電鍋「保溫」一夜，第二天拈幾粒丟進嘴裡，立即就在舌尖上爆開一股酥脆香氣。黑芝麻是優質健康油脂，吃任何蔬菜水果時撒上一點，增色增香，提味。

如果再加一個快煮壺，和一點鹽巴，就變成了升級版。我不止一次這樣請人吃飯，主食，是超市裡買到的原味吐司夾黑芝麻粉，配菜是花椰菜一菜兩吃，舉牛奶麥片乾杯，另加便利商店茶葉蛋若干。

花椰菜一菜兩吃的食譜附後，熱量、蔬菜、蛋白、油脂全有，而且，最重要的是，好吃。這不是我說的，是吃過的人自己說的。

　　如果你的條件好，可升級成豪華版本，有請活菌登場。活菌的好處後面再說，直接說拚命者人在旅途，如何使用。

　　優格是好東西，但市售優格添加物太多，但也有通過超市購買，自己降解添加的辦法。

　　第一步，一瓶原味優格＋一瓶鮮乳，鮮乳是大瓶，優格是小瓶。強調原味優格，可以減少香精，無糖最好，我怕的不是糖，而是更可怕的甜味劑。如果有幾種優格可供選擇，提供兩條建議參考，1、選擇添加物更少的種類；2、選擇菌種，我的科學家朋友推薦＊＊AB 品牌，因為其中的雷特氏 B 菌可以穿過胃酸繼續存活到腸道，而且還容易在我們的身體裡自行繁殖。

　　強調「真正的奶」，看成分表就知道，有的奶是「還原奶」，先將牛媽媽的奶加工成奶粉漂洋過海，再加水還原裝瓶。還原奶不只是奶粉加水，為了穩定均質還要七七八八加一堆東西，成分表上都有。

　　第二步，將鮮乳倒出一部分直接喝掉，再將優格加入鮮乳瓶中，搖勻。抓一個大概的比例，優格的比例五分之一到十分之一皆可，倒進去之後，瓶中留有 20% 左右的發酵空間。

　　室溫靜置一夜，第二天就得到了一大瓶優格。

　　台灣溫暖，任何季節都可以做。在寒冷地區，人體是最好的加溫器，揣在懷裡，讓自己和優格彼此溫暖。

　　第三步，不要全部喝完，留一點做菌種繼續加鮮乳，如此往復。以菌種量十分之一計，第二次優格中的添加劑含量變為 1/10，第三次則為 1/100，第四次 1/1000……我們吃進去的添加物含量會越來越低。

人蔘哪，從來都是一個活到老學到老的過程，就連這種下不保底的配置，都還可以升級換代。當年我購買材料需要有冷藏櫃的商店，而且產生兩樣垃圾，一個牛奶瓶、一個優格瓶，難免有心理陰影。在台灣得遇我的釀酒課學員瑤玲，受她啓發，嘗試用全脂奶粉自製優格，救我於心病。作法隨後圖示有詳解，過程爲免跑題就不多說，謹此致謝。

有人問，還可不可以繼續升級，有沒有更加豪華的版本？

當然有，所謂上不封頂就是，但那是下一章的內容，吃喝玩做動手課。

講的都是如何自己動手，給我們的嘴餵球——呃不對，是餵對的食物。

作爲一個養生書作家，看到「管住嘴」就發昏，這麼說，一看就是不知道養心。

爲什麼要管住嘴？我不敢學金爺哭廟，怕的不是割頭而是失去頭上一個重要的器官：嘴。判斷一個人是否熱愛生活首先看是不是吃貨，不愛吃的人一定不愛生活——人生啊，問我愛你有多深，嘴巴知道我的心。

我從來不管自己的嘴，愛吃什麼吃什麼，蔬菜水果生冷不忌有多少吃多少，涼拌熱炒發酵浸漬十八般武藝彼伏此起怎麼好吃怎麼吃。

有人說像我這樣興之所至隨便亂吃不科學，吃得科學最重要。天哪天哪，我不僅害怕帝力統治廚房、工業商業權力統治廚房，

科學也一樣。科學技術發展到今天，把人一日所需全部提煉配比變成一個藥丸不是問題，讓你從此之後只吃這個行不行？別人怎樣不好說，我是死也不幹。

我經歷過通天罪名，扛過了各種威脅。說槍斃不可怕，說關我一輩子也不可怕。好在他們不知道我怕什麼，如果恐嚇從此之後只吃這種藥丸，那我一定立即跪地求饒：求求你還是殺了我吧。

我們生命運行所需能量都是從嘴裡吃進來的，嘴的物質功能是攝入營養，但精神功能同樣重要，品嘗美味給我們平淡的人生帶來了五彩繽紛的歡愉，不僅養生，還養心。嘴是關乎身心健康如此重要的器官，幹嘛要限制它？對如此重要的隊友，我幹嘛要管著它？

凡是會打配合的都知道，好隊友從來不是管出來的，管隊友根本是跟自己過不去。神隊友，從來都是餵出來的。我們所能做的最好的事，就是給隊友餵球。我所能做的最好的事，就是給嘴餵對的食物。

接下來，好吃的，終於要登場了。

我會把一個吃貨畢生經驗都寫出來，與愛自己愛吃愛生活的人共享，共享如何自己動手為嘴巴製作美好食物，自己動手很重要，不管在哪裡，都不能隨隨便便交出自己選擇的權利。

## 附贈彩蛋：拚命養生行者大餐之花椰菜一菜兩吃

之所以選花椰菜，因為營養，也因所有超市貨架必備，方便易得。

1. 花梗分離──花椰菜的梗不要丟棄，花梗白色部分清香回甘，適合涼拌，加醬油醋會更香。

2. 花椰菜梗去老皮──花椰菜梗靠近底部皮較堅韌，要先剝掉。

3. 梗切片──將去掉老皮後的花椰菜梗，橫切薄片。

4. 一顆花椰菜，可以出兩道菜，一道燙熟，一道涼拌。

5. 涼拌花椰菜──花椰菜梗＋木耳絲（泡好的木耳切絲，先用開水汆燙口感更好）。個人經常涼拌調料加熟黑芝麻或黑芝麻粉。

6. 汆燙花──水先加鹽煮開再放入菜汆燙。黑芝麻粉與含有鹽份的菜花分別放置，可以保持乾爽口感與香氣。燙青菜的水裡加鹽，不僅入味好吃，還有助於讓菜色青翠。

# 親自活著

天空中飛舞著很多故事，這一節不講死去活來，而是解讀封面上的那句話。

人有時候會說一些意想不到的話，成爲天外飛來的靈感。比如這本書的書名，以及題記兩句話。

2015年春天，朋友千里萬里而來，探望劫後餘生的我。題記兩句話，出自有意無意之間。

清明時節，乍暖還寒時候，在山東，我的泰山小屋梧桐更兼細雨。有朋自遠方來不亦熱鬧，我忙著獻寶。

首先，自製優格，提前一天做好，又放入冰箱進行二次低溫發酵。新鮮、活菌、無糖、無添加。

習慣了商場口味的城市人受不了原味優格的酸，我早有準備，隨後登場的優格伴侶，獨家祕製甜蜜滋味。不是蜜蜂也不是糖，藍莓乾與葡萄乾。全天然無添加的果乾甜度足夠，但是太甜，口感不好過於乾硬，還有點黏牙，用自製酵素兌水浸泡可以取其優避其劣，口感Q軟但不軟爛，甜度降至適口，亦有水果的活性與氣息。

甜軟之外還有酥脆派，炒熟的葵花籽與南瓜籽，小火低溫慢焙至酥脆但不焦糊境界，不僅大大提升口感，還有油脂香氣。

健康勿庸置疑，更重要的是好吃。一位朋友原本不吃優格，純因盛情難卻勉為其難，試吃之後現場轉向，吃過一杯，又要了第二杯。

朋友一邊吃一邊忍不住痛惜我的時間：「扣姐，這麼做，多浪費時間呀。」

「時間是寶貴的，為了親自活著，浪費時間，是值得的。」這句話衝口而出，我們都沉默了。

朋友和我都知道，我現在跟他們不同，有的是時間可供浪費。取保候審畫地為牢，哪裡都去不了，什麼都做不了。我失去了一切，只有熬不完的時間。

朋友不知道，為迎接他們，我從床上把自己硬拔起來，強自支撐各種準備，他們走後又跌落病床。素來自恃身體與精神都足夠強悍，這麼多年這麼多溝溝坎坎都能頂過來，但這一回，真的頂不住了。

專制者的牢獄，是專門摧毀人肉體與心靈的地方。必須承認，這一輪，它贏了。

面對審訊、面對泰山壓頂的威脅與危險反而容易，挺著就是了。我是出來之後挺不住的。五十歲，身體與精神齊齊破碎。這是一個可怕的考驗，這個年紀，這樣的狀況，可能從此一路向下不可收拾。

不甘生命自此崩解，但又不知道怎麼才能走出低谷，這句衝口而出的話提醒了我。

我們從手中優格說到了金聖歎，又從金聖歎說到親自活著：「生命只有一次，為了親自活著，揮霍生命，是值得的。」

親自活著，一蔬一飯陪伴自己，是我彼時彼地的修煉。

不曾竟夜痛哭過的人，不足以言說愛情。只有獨自挺過幽谷，才知「親自活著」幾個字的分量。

過去翻山越嶺如履平地，現在是履平地如翻山越嶺。我身高165公分，原來一直是60公斤級選手，出獄後直接降級為50，最恐怖的一次居然是「47」。我先確認自己的眼睛沒出問題，再確認體重計也沒問題，然後做出一個明智的決定——把體重計藏起來，不復自尋煩惱。

那段日子艱難漫長，從來不用「堅持下去就是勝利」這種鬼話騙人騙己，我很清楚堅持下去就是另一場戰役。還清楚一個無情的現實，在這些無窮無盡的戰役裡，上帝並沒有站在我這一邊。

無情的現實一再告訴我：就算這一輪挺得過去，也不像遊戲裡打怪升級一樣有所謂功力大漲的神話。那些大大小小的傷與生命同在，隨時會被激活。沒有金鋼不壞之身，不要以為挺過了顛覆國家通天大案就能刀槍不入，照樣會在室友雞毛蒜皮的陰溝裡翻船。誰說人不可能兩次踏進同一條河流，一年之內大同小異的症狀就一再上演……唉喲不能再提，提起了，淚滴滿江河。雖然此時花濃酒淺陽光正好，但一提起來依然壞情緒爆棚，不為室友，而是為自己的不爭氣懊喪。

想想五年前的此時我還在牢裡不知生死，四年前在病床上生不如死，一年前被室友整到惶惶如喪家之犬。而今我在村莊猶在天堂，正在閉關寫書，做我人生最愛的事。幸福得極不真實，說不清楚是曾經滄海的深痛不真實，還是如今雲淡風輕的小確幸不真實。實在想不清楚就不想啦，決定找點好吃的拍拍自己，先拿

出一碟冷漬洛神，又倒了一杯黑豆水。拍拍自己的嘴，也就是拍拍自己的心。我不愛喝酒，儘管家裡酒滿為患依然沒有養成喝酒的習慣。這就是我的美色、美味，千金不換的美好生活。

　　不管怎樣，我都慶幸自己的選擇。

　　不管經歷怎樣的傷痛，讓生命陪伴這顆心，親自活著，都是值得的。

　　永遠都會有下一場戰役，會痛，會輸，但是，只有活著，才能有得笑、有得吃。

# 拚命養生者的取保候審套裝

　　回想我那身心破碎的 2015 年，一言蔽之：唏哩糊塗做對事。

　　事後與專業人士復盤，都說我傻人有傻福，僅憑直覺與本能，所有的選擇，幾乎都是最優解。科學非我專長，在此跳過，先舉一個例子。

　　2015 年 8 月 8 日，一個好日子，出獄半年的我，舉著自己的手指，走進了醫院。

　　我一出牢門就進醫院，知道這部機器遇到麻煩必須進廠維修。但也決定手術後遠離醫院，誰的身體誰知道，恢復還是要靠自己。直到因為手指破功。

　　最初是不小心扎到左手無名指。扎到手，很正常，擠一擠血，注意不沾水不沾髒，第二天就不痛，第三天就好了。但是這回到了第三天卻越來越痛。不得不更加認真地對待這個紅腫的手指，一遍遍擦酒精，睡前特意用浸泡過優碘的紗布包裹，創造一個無菌環境，明早起來就消腫了。

　　我沒有等到明早，半夜痛醒，打開紗布被嚇到：手指頭紅亮圓潤腫得像一粒鮮豔的葡萄。

　　天一亮我就去醫院，那粒葡萄熟成迅速，已經由紅變紫。

醫生說我必須住院，靜脈輸液抗生素，並做一個小手術，切口、引流。

見我呆呆，醫生寬慰：「只是一個小手術，很簡單。」──可不可以不用住院打針，只做小手術？

「不可以。必須控制炎症，避免引發血液感染。」醫生沒得商量：「聽我的沒有錯。這是科學。我們要爲生命安全負責。知道白求恩大夫怎麼死的嗎？就是死於手指頭引發的敗血症⋯⋯」

白求恩的故事從小就聽過，但我的身體自己知道，不想交給抗生素。

醫生給我開了一堆單子，要我去驗血、交錢、辦住院。我拿著單子，回到了自己家。決定不聽醫生的，要按自己的想法賭一把。

我知道不是手指的問題，是這部機器免疫系統失靈的訊號，聽醫生的一定可以挽救這根手指，但大劑量抗生素會讓脆弱的免疫系統雪上加霜，我不想就此成爲醫院的常客。

找出酒精、優碘和慶大霉素注射液（外用，作用於不同菌種），還有三稜錐、手持電鋸和打火機。

家裡有手術刀也有刀片，但創口不易控制，既要有效放血又不能失控。先開電鋸，將三稜錐打磨鋒利，火燒、酒精浸泡、消毒。再把自己浸過酒精的手指，擺在擦過酒精的桌面，右手握錐，對準那粒已經由淺紫變爲深紫的葡萄，一、二、三⋯⋯一邊扎一邊暗自慶幸：幸虧傷的是左手，如果是右手就慘啦。

隨後擠壓放血就簡單了，抗得過痛就沒問題。第二天第三天分別又來了一遍。最難的是對自己的手下手，至於其他控制傷口

環境，不是大問題。

我賭贏了。

其實決定要賭的時候，並沒有贏的把握，倒是想索性「破罐破摔」。當時的情況實在太糟，朋友說就像一具會走的骷髏，掛了一張鬆鬆垮垮的人皮。更慘的是，我自己知道這個生命內裡，朽壞到什麼程度。與其這樣生不如死，還不如真的死於手指。

有趣的是，這件事情，似乎成了我身體狀況觸底反彈的拐點。一年之後，我與隊友一起，在香港完成了百公里山地越野，36小時全隊完賽。那是一種極限運動，敢報名的全世界沒多少人，我們這樣的成績，在數千參賽者中排前50％。牛皮不是吹的泰山不是壘的，這種事情不可能單靠意志力，蠻幹真的會死人。

能夠挺過生不如死，重又變回一條活龍。靠的不是醫院，是自己。

炫耀話少說，只說那段經歷給我的教益：不要把自己隨便交給別人，專業人士也一樣。養心才是最重要的，別人不懂你的心。

同樣，不能把自己的嘴交給別人。革命就是請客吃飯，在現代權力系統對人的宰制已經無孔不入細緻到廚房的時候，革命就是請自己吃飯。我做到了。

畫地為牢期間天天請自己吃飯，除了不得不赴召與警察叔叔飲茶，每一口食物都是自己親手做出。

我是在登山路上被抓的，被關期間與我的「二黑二白」隔牢相望。連最基本的保底配置都沒有，怪不得身體會垮。獲釋時這些在警察看來無關緊要的東西物歸原主，惜乎全都變質，不能吃了。

　　立即為自己量身訂製了取保候審特餐，二黑全面升級，黑芝麻升級為黑芝麻醬，黑木耳變成了炒黑豆。

　　畫地為牢的好處是不再居無定所，二白同樣升級換代，雜糧粥置換麥片，優格升級為「優格＋希臘優格」，不要說物理性質的改變不影響味道，影響的不僅是味道，還有幸福感，幾何級數遞增。

　　豈止升級，幾乎是全面換代，變成了三黑三白，黑的增加了桑葚醬，白的是烤饅頭片。

　　原來在外奔波買著吃追求「添加劑少」，現在在家開伙做著吃可以實現「零添加」。

　　外購時，各種夾餡麵包香料蛋糕海量添加物一概略過，主食盡量選最便宜的原味吐司，添加少。有條件就買饅頭，添加更少。

　　有人說饅頭不易保存，壞很快，麵包可以存久一些。請你想想為什麼？區別還在添加劑。

　　在家吃饅頭的小建議：參照吐司。新鮮饅頭放冰箱冷藏一夜，涼後變硬，切成薄片，裝袋冷凍。拿出來不必解凍直接進烤箱，配鹹、配甜、單吃，味道都勝吐司。

　　饅頭烤過不僅為解凍，也有治療作用。坐牢不僅傷身傷心，也傷胃。當時的我，不單身和心都需要養，胃也同樣。養胃兩大法寶，其中一個是吃烤饅頭，中醫裡焦饅頭是一味胃藥，治胃動力不足消化不良。

　　（插播另一條養胃法寶：揉胃法。平躺，雙手交疊於胃，慢揉，上下 36 下，左右 36，順時針 36，逆時針 36。睡前、醒後皆宜，都做最好。）

再說新增加的黑，桑葚醬，得來完全是意外。

我的桑葚醬，與商場市售「果醬」，根本是兩種東西。我從來不買果醬，水果之所以是水果，名稱定義是「用於生吃的植物的果實」，市售果醬必經高溫蒸煮，活性成分被殺死，是水果的屍體。

高溫蒸煮還會改變水果顏色、丟失香氣，沒關係，工廠裡有的是色素香精，當然，還有大量防腐劑。果醬保質期可以長達兩年，其實你可以試一試，不僅兩年零一天不壞，兩年零一年也不會，裡面防腐劑穩定劑分量足足——不僅是水果屍體，還是屍體中的木乃伊。

另外還有死甜，高糖也是保質法門——木乃伊，嗚呼還是糖漬木乃伊。

現代人不可能不進商場，每一次站在食品櫃前對我都是折磨。我只有高中文化程度，平時覺得文化水平低不好意思，但在食品櫃前總忍不住想：不認字該多好，讀不懂成分表裡的內容，也許糾結會少一點。有本《恐怖的食品添加物》，在台灣 2013 年已是第 21 刷，作者安部司曾是日本食品企業「添加劑之神」，因為受不了兒子也吃自己的研發成果，轉而從事食品知識科普，書名足以說明問題，可見我的糾結不無道理。

四海為家的日子裡，桑葚釀酒一直是我的夢想，但一直求之不得。特指桑葚，主要因為無毒。

蠶對添加劑的敏感遠甚於我，我吃了只是不舒服，但蠶會死。

某任家鄉父母官任內大種桑樹，大力發展養蠶，要將泰山變成絲綢產地。事實證明此地水土氣候不宜養蠶，山坡上大片桑樹

就被廢棄成了野桑，更加無肥無藥——想不到人類權力的愚蠢居然造就如此成果，一直立志有朝一日一定一定要買一百斤桑葚釀滿屋子的桑葚酒。

取保候審期間釀了各種各樣的桑葚酒，花樣翻新地嘗試。濾酒得到大堆桑葚渣。

嘗嘗什麼味吧。——天啦！怎麼可以，這、麼、好、吃！！

濾酒濾到一半，一嘗桑葚酒泥就出了問題，一口一口停不下來。桑葚酒喝不了一點點，其實我釀酒主要送人，但是桑葚果渣不一樣，好吃得停不下來。很快就把自己吃到醺然欲醉。

不忍把這些寶貝煮成一堆屍體，直接當水果吃掉好啦。但我小小冰箱冷凍室實在太小，怎麼辦？

只能冷藏。我有三個大號玻璃瓶，先擠乾水分，再裝瓶壓實。以我三腳貓的科學知識，覺得保質關鍵在於靠近瓶口接觸空氣的位置。填塞什麼東西能夠防止黴菌偷吃呢？其中一瓶倒一點高濃度白酒，另一瓶子壓一層厚厚的糖，第三瓶哈哈哈我先倒了一些酒，又壓了一層糖。就當做實驗了，看哪種辦法更有效、更好吃。

沒有想到，三種方法都有效。更沒有想到，三種方法都好吃，各有各的好，讓人難取捨。


最初我吃桑葚是早餐時間，配饅頭片。

平時我吃烤饅頭片黑白配，配黑芝麻醬，再鋪一層桑葚雖然好吃，但一白兩黑太黑了些。

怎麼辦呢？我不會去超市買乳酪起司之類。如果追根究源，人類歷史上這些都是好東西，但是如今，看看成分表嚇人一跳，除

了應該有的奶和鹽，不該有的橫看成嶺側成峰。

　　但超市是死的人是活的，我用下不保底的辦法將自製優格就地升級，變成希臘優格，問題迎刃而解。

　　優格從瓶子裡挖出來，用手帕包住，靜置一夜瀝去水分，就得到了傳說中的希臘優格。之所以用了「傳說中」，不是網路習慣語，而是真的。只要將商場裡買來的「希臘優格」和自製品一對照就懂了，包括聲稱「無添加希臘優格」也一樣。只要吃過了親手做出來的希臘優格，就會懂得傳說中的希臘人多麼幸福。

　　烤到外酥裡軟的饅頭片上，先抹一層厚厚的乳白希臘優格，再鋪一層厚厚的桑葚——天哪天哪，顏色、口感、營養，都是絕配。人蔘哪，對於美味的追求與實踐，真真可以上不封頂啊。

　　自從有了那些桑葚，早餐開始出問題，平時都烤三片饅頭，現在必須追加至少兩片。嗚呼，多少饅頭片因為桑葚的關係白白犧牲了性命，對不起說錯，是黑黑犧牲了性命。哀哉，尚饗。


　　因為我的吃法太多旁門左道，總是被家人警戒規勸，這樣把濾酒剩下的「廢物」拿來吃，知道我又會被打擊，開頭只在自己家悄悄吃早餐。慢慢在拌蔬菜水果沙拉的時候加一點，後來發展到幾乎吃什麼都會放一勺，成了我的百搭配置，去父母那裡跟大家庭團聚共餐的時候也會帶去。我家主廚是我哥與妹夫，他們做的東西都偏油膩，放一點桑葚立即消膩。家人問我是什麼寶貝，「桑葚冷漬果醬」——冷漬果醬之說由此而來。

　　經典大廚哥和妹夫一貫鄙視我胡吃八吃，對這個稱謂也一樣：妳就瞎編吧。有這樣的果醬嗎？

　　我的果醬就是這樣的。跟那些屍體果醬天壤之別。用這樣的方法做果醬，根本就是一場革命。

　　餐桌上立即安靜。我「顛覆國家」被抓是全體家人的痛，不僅這個不能提，連帶政治、社會，都是敏感詞，革命，當然也在其列。

　　大家不願提，我也不堅持。好可惜，白白錯失機會，將這個偉大發明的面世時間，拖後了四年。

　　再後來，取保候審特餐再次換代升級，變成了四黑四白，增加了糯米酒釀和黑糯酒釀。這兩種東西一定不能在這裡展開說，不然，這一篇就遲遲無法結束，也就一直不能進入操作為主的下篇。

　　在此只劇透一點，新增都是活菌食物──活菌，全食。是我畫地為牢一年間突出的飲食特點。

　　當然，就像桑甚一樣，一切得來，全都是一系列陰差陽錯的結果，純屬唏哩糊塗做對事。

　　自己動手不僅挽救了這條小命，還極大降低了塑膠垃圾排放，基本實現零廢棄，不僅養生，亦大大養心。

　　總之，只要你足夠愛生活，能將拚命都變成養生。如果你足夠愛自由，能將畫地為牢都變成實踐夢想。如果你足夠愛自己，能把取保候審，都變成一場修煉。

　　但是，在進入下一篇之前，還必須介紹最後一位出場要角：科學。

## 附贈彩蛋：奶粉優格＋希臘優格

1. 奶粉瓶 —— 30公克奶粉：100公克水，奶粉比例較通常沖飲奶粉稍高。我的簡便方法，先在透明瓶中先入體積1/3的奶粉，加水至八成滿。

2. 倒入優格 —— 優格與奶比例，從1：5到1：10均可。

3. 瓶底的優格 —— 不要吃完，留做菌種，重複使用以降低添加物含量。

4. 優格倒入手帕瀝水 —— 變成希臘優格，可以與各種冷漬果醬搭配，抹什麼都好吃。

註1：我個人更喜歡用手帕，用咖啡紙也可以，做出來的希臘優格都一樣，只是對地球的影響不一樣。

註2：濾出來的「水」其實不是水，而是乳清，是極富營養的活性飲料，可以直接喝，也可以用來作繼續做優格的菌種。

# 科學　以及科學家給我的啓示

天空中飛舞著很多故事……我剛開頭就被打斷：屁啦，這麼說根本沒有科學依據，天空中哪有什麼故事？天空中飛舞著的，明明都是細菌……

天啦天啦，爲什麼，科學永遠都是這麼正確？爲什麼科學家永遠都是這麼敗人興致？

我必須承認自己科盲，這一生所受科學訓練，只到高中爲止，而且全都還給了老師。我樂於享受電腦電燈電話等一切現代科技便利，但一直對科學敬鬼神而遠之，就像畏懼工商業權力一樣畏懼科學權力。對於任何權力都一樣，最好是人不犯我不犯人。問題是，我不犯人，不代表就能人不犯我，總有躲不過的時候。

比如，我在釀酒課上，就被科學撞到頭昏昏。

我樂於動手，而且一貫手比腦快，做事不經大腦，釀酒也是一樣。雖然網路時代知識開放什麼東西都可以查到，但我往往是做過之後才拿起手機搜祕笈。所以，親愛的讀者，如果你看到這本書的作法與網路上的各種攻略寶典不同，不是那些攻略寶典有問題，也不是我的作法有問題，而是我有問題。

　　必須首先聲明那堂課讓我獲益匪淺，解答了我土法煉鋼時代的很多問題，原來是跟著感覺走，結果交給天，一切都不可控，問題多多，感謝老師讓我明白了釀酒過程中的科學道理，自此流程穩定產出可控。

　　但是必須承認，在那堂獲益多多的課上，我一直控制不住自己的腦袋，總會下意識地搖頭。老師一定以爲，這個學員迷戀的不是釀酒，而是搖頭丸。

　　老師發出的學員須知中，要求大家帶刀帶砧板，這個我能理解，處理水果會用到。刀，我有小小一把，隨身攜帶是我的百寶刀，但砧板，人在旅途不置備，乾脆不帶，自信完全可以用五爪金龍（註：人的手）應付。另外還要求準備濃度70％噴霧酒精，看了就暈，釀酒，爲什麼要用酒精？

　　原來殺菌用的。老師要求這個必須隨侍在側。說空氣中和水果表面有大量細菌，爲免雜菌混入影響釀酒品質，要時時刻刻注意殺菌，不僅我們的手要時時殺菌，包括水果也一樣，當然可以不用酒精噴霧，高溫亦可。

　　我忍不住搖頭，不管是杜康還是希臘神話中的酒神戴奧尼索斯，都沒有提到要殺菌，再說了，把糧食變成酒，功臣就是酵母，那也是細菌啊。

　　處理好水果必須先秤重，還要按水果的重量與甜度，用一個複雜而精確的公式進行計算，得出所需糖重。公式如下：

$$所需之糖重（g）＝果汁重量（g）\times \frac{欲配之糖度－果汁之糖度}{100－欲配之糖度}$$

　　我一邊敬佩一邊搖頭。這次沒有替杜康操心，而是猴子。不論東方西方，傳說中都有「猴子酒」，猴子像杜康一樣將水果藏入樹洞（啊哈怎麼又扯到杜康了呢？）變成美酒──猴子沒有秤，就算有秤也不會用啊。

　　終於到了釀造階段，老師從錦囊中拿出一個小瓶，這是專用的水果酒釀造酵母，來自彰化社頭某化工廠，生產過程規範而且定期定序，不僅純度高亦可保證無變異後顧之憂，等等，他經過多次比對，負責任隆重推薦。老師隨即聲明未收該廠回扣，可以把廠名提供給大家，按網路訊息自行購買，等，等等。

　　相信老師都對，但還是忍不住搖頭，這回真的是為杜康操心：那時候沒有網路訂購，航海業也不發達，如果為了這種酵母飄洋過海來看你，還能不能活著回去？──天哪幸虧杜康死得早。

　　儘管一直控制不住搖頭，但我上課超級認真，認認真真釀了兩種酒，後來都成為我私家釀造史上的標誌性酒品。而且，還認認真真從老師那裡買了兩盒酵母。

　　老師說買一盒就夠了，一般都是一盒用不完。老師經多識廣，見多了這種課堂上頭腦發熱的學員，往往三分鐘熱度，人一退燒，就不玩了，買了酵母也丟在抽屜裡睡覺，所以不會勸人多買。

　　但是，老師不懂我的心，我知道心裡有個釀酒魂已經被激活，也知道自己的個性，接下來一定釀得不可收拾，擔心一盒不夠，堅持買了兩盒。

　　事實證明老師是對的。那兩盒酵母，還有一盒半在抽屜裡睡大覺。我不是沒在釀酒，而是沒用這些酵母。

　　那麼我用的是什麼樣的酵母呢？──我要向前輩學習，自己

從天空中抓取酵母。

我學的不是杜康也不是金爺，而是猴子。

猴子釀酒就是將果子丟進樹洞，等天空中的細菌來跟果子戀愛結婚，生出美酒。也有可能根本不勞天空中的細菌幫忙，水果表面自帶酵母，自會將果子變成美酒——只要猴子不像我們一樣用酒精殺菌或者開水殺青。

猴子的榜樣激勵著我，用當令台灣水果紅火龍果和橙汁釀了兩瓶，沒有按老師的教導加任何酵母。當然也不是完全無視老師的教導，我調整了糖度，但不確保精準25度，原因請聽下回分解，在此跳過。

按照老師教導七天啓封，戰戰兢兢一聞：謝天謝地，兩瓶都變成了酒。喜孜孜過濾一嘗——哇呀怎麼可以這麼好喝。估計杜康當年，也是這種感覺吧。

濾酒過後的酒泥，成了我代代相傳的酒引。

之所以加酒引，而不是像杜康和猴子把運氣交給天，是爲了確保釀造成功率，讓封閉環境裡有確保產酒的優勢菌種。我濾酒之後的酒泥就有這樣的優勢酵母，用來新的水果酒，就能起到和化工廠同樣的作用。

親愛的讀者，我必須老老實實承認：我不僅沒有按照老師的告誡做，在這本書裡，也不會按照老師的教導教。用釀酒之後的酒泥當繼續釀酒的酒引，是老師明確反對的。

我知道老師有科學依據。細菌無所不在，釀造中**有可能**遭汙染而變異，重複使用**有可能**汙染變異出某種對人體健康有害的成分。爲了避免這種可能性，作爲受過嚴格專業訓練的老師，一

定會審慎推薦生產過程規範而且定期定序的化工廠，而且會要求學員酒引不得重複使用。

但是，但是，我還是違背了老師的教導，主要是為猴子的原因。

猴子不知道現代科學已經發展到如此岌岌可危的程度，不僅可以分辨細菌還可以為細菌基因定序，當然更不知道細菌還會變異。猴子不去社頭買酵母，也不將樹洞清洗消毒，總是舊的不去新的又來，老酒就是新酒引代代相傳，難免會有變異，不利於人體健康一定也不利於猴體健康。可憐的猴兒啊，只顧呼朋喚友飲美酒，不知道有可能斷送猴命……

想到這裡就忍不住為猴傷心。在權力與弱勢之間，我從來都是選擇弱勢一邊。縱然不能救猴命於變異，至少要跟可憐的猴子站在一起。

另外也會順便想到人：請注意我前面一段轉為黑體字的部分，都是同樣的三個字：**有可能**。有可能而已喔，為了避免這種「有可能」，就要從根本上禁止。但世界上的有可能太多了，能一概禁而了之嗎？吃飯有可能噎死，走路有可能摔死，還要不要吃飯走路？不要跟說我這麼做有科學道理，我跟科學不熟，只是覺得，這麼解讀科學運用科學有邪教味道，雖然我跟邪教也不熟。

當然，我知道細菌汙染變異有很嚴重的後果，我不知道這杯酒裡有多少細菌，更不知道這些細菌有可能變異出什麼，所以，每一次拿出自釀美酒一定有言在先，然後請人選邊，是站在猴子這邊選酒杯，還是站在科學那邊選酵母。

可憐這些不知死活的人，都做出了和猴同樣不知死活的選擇，而且，這裡面，居然還有——科、學、家。

如假包換，是中央研究院植物所的徐子富，正港科學家。

喝過了我的酒，科學家投桃報李拿出一個小瓶：「嘗嘗台灣傳統的紅肉李酒。我對傳統釀法做過改進，擔心製作過程出問題，先把傳統紅肉李酒酵母在實驗室分離提純，再在無菌狀態裡接到紅肉李中以確保……」

不好意思，親愛的讀者，你一定猜到了，我顧不得禮貌，又一次控制不住自己的腦袋，像吃了大把的搖頭丸一樣，搖到停不下來。

我不僅手比腦快做事不經大腦，嘴也比腦快，說話同樣不經大腦。沒等徐子富說完就打斷了他：

對不起我不能接受。這不是改進而是變異，用科學汙染了傳統，錯不在科學，而是誤讀科學的人……

在怎麼釀傳統酒這種事情上，就應該先想想傳統阿嬤是怎麼做的，此情此境之下科學只是人的工具為人所用，而不是相反。你這麼做恰恰是把人變成了科學的工具人為科學所用……

我當然接受科學原理，也認同科學精神的地位，只是受不了看到科學為所欲為變成一種囚禁人的權力……

口口聲聲細菌變異，知不知道科學也會變異？有沒有人做過這樣的研究，研究一下科學變異成科學權力對人身健康和社會健康的危害……

真的不好意思，我不僅嘴比腦快說話不經大腦，而且一說起來就管不住自己的嘴。後來想想忍不住後悔：這位仁兄好心好意

請人喝酒，結果被我劈頭蓋臉一通好說，把自己對科學、科學家和科學權力積累多年的怨毒一併傾洩下來。

　　不得不佩服，台灣的科學家，涵養硬是好。我若受了這種委屈，回頭就得召集一隊人馬來報仇砸場子。

　　人蔘哪，怕什麼來什麼，沒過幾天，徐子富眞的還就帶著一幫人來了，不過，不是來砸場子的，而是帶人來上我的釀酒課——不僅涵養好，氣量也好，不得不服。

　　科學家帶來的釀酒課學員有醫務人員還有環保工作者，都有科學背景。上次信口開河殷鑑猶在，我開頭先老老實實承認，我的釀酒課老師教的也很科學，從水果消毒到糖度測算到酵母添加每一步都有科學規範，只是我沒有遵守。雖然一再僥倖釀出了美酒，但我的作法顯然不夠科學。不是科學有問題，也不是作法有問題，問題在我。爲免誤人釀酒遺患科學，我會實行雙軌制教學，先介紹老師的科學方法，再講我怎麼土法煉鋼、先講老師教的甜度測量與糖量計算公式，再說我怎麼用寶特瓶大而化之抓糖度；先請出從老師那裡買來的化工廠酵母，再拿我自己充做酒引的酒泥……

　　這回徐子富開口打斷了我，對我的大而化之五爪金龍水果處理法以及大把抓糖大碗加水一類不拘小節不拘大節照單全收，而且堅定明確：我們不用酒精消毒拒絕塑膠手套就是要用自製酒引……科學家 180 度大轉向。

　　不看不知道，世界眞奇妙，原來科學不僅能夠變異出科學權力，也能變異出如此接近生活的科學家。

　　說到酵母，我講了自己的親身經歷。曾在四川偏鄉喝到包穀酒（方言「包穀」＝玉米），也曾在雲貴高原嘗過糯米酒，還試過台灣部落裡的小米酒。在不同的地方，釀酒都是一件很慎重的事，往往跟節慶相關，甚至有宗教意味，有點儀式化。司廚釀酒的媽媽方法大同小異，將蒸熟的糧食抓一團，入口嚼過，再吐出來放甕中釀造。天遙地遠的她們素不相識，用的都是同樣的「酒引」。科學自有實驗室流程標準化全球化，但人們也積累了一些與自然對話的經驗，在不同的地方有很多不約而同，我更傾向後者。雖然我做不到媽媽們那麼瀟灑……

　　不等我開口批評科學之為所欲為，科學家先以化工廠酵母為例，說這恰恰是科學的傲慢與局限。又講了一個韓國案例：韓國泡菜有時「發霉」，上面長出白斑，也就是菌塊，往往被當成「壞了」。大而化之惜物如我，會挑出菌塊，將菜盡快吃掉以免夜長菌多，也有人連菌帶菜一同倒掉以免「有可能」對人體不利。但是，韓國科學家用了國家級科學研究，證明泡菜中的白斑是一群對人體有益的酵母菌，盡可以放心食用無虞……

　　這故事太勵志了，我夢寐以求的科學與現實生活的關係就是這樣的啊。看到花生變色就去研究黃斑，證實黃麴毒素致癌發出警訊，看到泡菜發霉就去研究白斑，證實無害公告但吃無妨。這樣的科學研究是人類生活裡的一部分，而不是坐在實驗室裡頤使氣指，自以為擁有了科學知識就有了裁定自然的權力，為了避免「有可能」，就從自然界千萬中菌種中只選一種或者幾種，欽定唯此才能確保偉大光榮正確並昭告天下。不管什麼權力，不論政府還是資本還是科學，一旦發展到絕對話語絕對權力的地步就邪

門成邪教，我一概避之唯恐不及。

那天雖是我給別人上釀酒課，也成了子富給我的細菌課。他說，扣子手作採用自然菌種，全方位活菌運用，與人的生命狀態有根本聯繫。這本是人與自然原已有之的聯繫，但在當代，被現代生活、被工業化加工商業化銷售，以及我們對於細菌的觀念所阻斷，扣子手作恰恰在用簡單易學的方法重建這種連接。不僅活菌全食，美味營養，也讓他看到科學原理與自然本能之間的關係。

我這麼做只是出於自然天性，科學家說自然生活其實有著深厚的科學基礎，已有事實論述人的生命有90％由細菌決定。都以為「健康是吃出來」，以為健康就是將營養元素配比合理吃下去，就算維生素微量元素每日必備精確攝入，但仍只是十分之一，更重要的90％要靠細菌完成。細菌的種類與活性程度不僅決定了我們的消化系統與免疫系統的運行品質，也影響到情緒、情感和生命更深層次的問題……

等等，我需要把科學家的話翻譯一下，讓自己便於理解。請問我這樣理解是否正確：

現代食品工業最成就之一就是「無菌加工」「無菌操作」，更多是對遠距離運輸和長時間保存有意義。農業時代小家小戶小日子，地產地銷、自產自銷，「綠螘新醅酒，紅泥小火爐」，「莫笑農家臘酒渾，豐年留客足雞豚」，酒是自釀活菌酒，菜餚在自然簡單加工，吃的同時也攝入細菌作用，是生命個體對話天道循環。現代人超大企業無菌生產，超大商業全球運銷，看上去吃進了同樣甚至更多的東西，其實只是攝入十分之一——請問：可以這麼說嗎？

科學家點點頭。我繼續問：現代人的生活出現了越來越多的問題，剛看到英國科學家的研究證明：精心照料的兒童越來越高的白血病發生率，與現代人生活環境過分乾淨有關。研究主要集中在無菌生活環境與人類免疫系統的關係，現在看來，應該把食物因素也考慮在內才對。人類必須反思現代生活方式，反思人的生命循環與自然的關係。科學無法解釋所有原理，但是，從生活細節中恢復簡單自然的食物，是重要途徑。

是的。科學家明確表示：妳的那些媽媽廚房加工方法，很多都是與科學原理根本相通的。

徐子富不僅是帶著朋友來上我的釀酒課，還隨身攜帶科學原理來詮釋自然生活、詮釋我畫地為牢期間唏哩糊塗做對事……科學家告訴我：「妳糊里糊塗做對的，其實遠不止於此。」

「釀造可以轉化很多食物中的營養成分，變得易於吸收，特別是處理果皮可謂神來之筆。果皮原是被丟棄的廢物，用來釀酒將不易消化的多醣物質轉化成單醣，再冷漬製成果醬，將難以入口的纖維質變成美味。釀造產生的乙醇也是一種有效溶劑，可以提取白藜蘆醇和黃酮類等不易被人體吸收的物質為人所用」——原來，科學不僅是搖頭丸，也是我的定心丸哪。

本來，是我看科學不爽氣，受不了它為所欲為，料科學看我應如是。於是我與科學各行各素，井水河水兩不相犯，其實我不知道，在自然本真與科學原理之間，原來有深刻根本的一致。真是活到老學到老，任何成見都要不得，對待科學也一樣。

親愛的讀者你已經看出來了，我又遇見了一個比我高級的人、

一種比我高級的活法。

　　科學家說扣子的釀造方法改變了他，我也被改變。包括改變了我對待「高級」的態度，不再動輒尋仇報復，而是要像科學家一樣，見人賢，思齊之。同時學習反思，反思作爲一個驕傲的行動者，我的褊狹與固執。

　　徐子富和科學，都會成爲本書重要人物，與我追隨自然的嘗試、天馬行空的創造和自以爲是的偏見對話。

# 不要惹那個腰挎雙刀的禿子

經常忍不住，悄悄讚嘆，感恩自己一再做出正確的選擇，選擇活著。

人生，真的是一個奇妙的旅程。活著，可以遇到很多生命饋贈。

當年，在北京樂施會辦公室蹭飯，吃工作午餐，自助。作為一個節儉的人，從不丟棄食物，素來會把盤子吃到乾乾淨淨。很少遇到能比我吃得更乾淨的人，但那天遇上了高人。

高人的名字叫高天，吃完飯我拿著自己的盤子去水池邊排隊，高天拿著盤子踅進陽台，出來的時候，盤子就像洗過了一樣──他去陽台舔盤子了。

不只是敬惜食物，說明這是一個心存敬畏的人。我承認，我向他學習了。也必須承認，學得還不夠，我舔盤子僅限於自己家裡，在外面，做不到這樣坦然。但我會倒一點熱水，然後喝掉。

雖然做不到當眾舔盤，還是忍不住會把掉在桌上的食物夾起來吃掉，那一次掉在地上，我略一猶豫，還是要去撿──但是輸給安東尼。

「東西掉在地上只要不超過三秒鐘就沒問題。」光頭農友安東尼已經撿起來送進嘴裡，一邊嚼一邊說：「嘿嘿其實就算是超過三秒也不重要，重要的是不要浪費食物。食物是天地賜予，應該珍惜。」

我與安東尼同村務農，他用我的秧苗種了一些糯米。我的糯米長勢很好，豐收了。他的長勢也不錯，但是顆粒未收。他去外地幫忙農友收割，回來發現成熟的糯米全被鳥兒吃光光。我惋惜他的心血，安東尼卻是一笑：「被鳥吃掉確實可惜，不過這不重要，我們已經向自然索取了那麼多，把一點米還給鳥，也是天地輪迴的一環。」

不久以前，和農友一起去東海岸騎自行車，安東尼在部落裡買了兩把刀隨身攜帶。他素來做事龜毛精益求精，我的大而化之往往讓他看不下去，一路主動揮刀出手代勞，我常說一句話：「不要惹那個腰挎雙刀的禿子」。

不是雙刀可怕，也不爲禿頭炫酷，而是因爲知道什麼重要什麼不重要，有持守，並且，在踐行。


生命是一段旅程，有幸與這樣的人同行，這一程，也是一個不斷學習的過程。

見過太多人口口聲聲高喊環保自己生活卻不環保，高天是把對環境和資源的珍惜寫在生命細節裡的人。我去高天辦公室，離開之前他會提醒：「把妳杯子裡的水喝了。」從那以後，每一次離開之前我都會把杯子裡的水喝乾，去哪裡都一樣。不浪費一滴水，就像不浪費一粒糧食一樣，成爲我的生命習慣隨身攜帶。

　　類似小事積累多了，跟高天，就成了個人朋友。朋友們一起吃吃喝喝，高天的角色與傳說中的豬八戒一樣，是淨壇使者。我們點菜都不鋪張，但是難免剩盤底，湯足飯飽準備離開的時候，高天會把盤子一一拉到面前，清盤。當然在餐館吃飯的時候他不會舔盤子，舔那種濃油重醬添加物的盤子是找死，但不管怎樣還是要吃乾淨。後來慢慢熟起來，這個角色由我與他共同擔當。一般吃飯的時候我會坐在高天左邊（他是左撇子，吃飯的時候左臂會與鄰居的右臂打架），到了淨壇階段，高天把盤子先往左邊拉，我不吃肉，挑菜，然後推給他。

　　吃吃喝喝之餘，也會做一點別的事情。比如我的那本《可操作的民主》裡面就有高天，基層推廣的事，就是我們一起推動並參與的。

　　我被抓之後，高天四處奔走呼號。當然我很感動，但其實心裡更希望他不要做，不僅因為沒用，還因為，他是兩個孩子的父親，怕他因此有什麼閃失。但是我什麼也沒有跟他說，知道說也沒用。心存敬畏，又無所畏懼，我知道這是什麼人，心裡有怎樣的標準，而且我知道，他一定會按這個標準去做。

　　遇上這樣的人，是我生命中的幸運。

　　生命中遇到很多這樣的人，我知道還有更多。讓我對這個世界心存敬畏、心存期待、心存感激。

　　我提醒自己，要向這樣的人學習——心存敬畏又無所畏懼，有標準、有持守、有行動。以此，向這個世界、這段旅程致敬。

如果說我一直愛著你

千萬不要相信

只是因為昨夜那個夢

還有眼前這杯酒的緣故

## 導讀

# 我不是一個釀酒師傅

　　在我進入村莊之前，就聽賴青松說過「人在村莊裡的名字」。張三李四不算，「那個修車的」「那個理髮的」才是。他說村莊是一個有機體，走進村莊不算是進入村莊，在村莊生活、種田也不是，只有真正成為這個有機體中的一個部分，才會在村莊裡擁有自己的名字。

　　在村莊裡，我是「那個釀酒的」。我很幸運，很快擁有了自己的名字。這讓我有點小得意，但有更大的不滿足。因為我不僅僅是在釀酒，而是幾乎在釀一切，或者是用一切方法來釀造。

　　美虹青松發布我的課程資訊時，第一節是「釀酒課」第二節是「果醬課」，這也太、太、太、太不準確了哇。

　　聖人早就曰過，必先正乎名，到了這種時候，更加理解，為什麼歐威爾在小說《1984》裡，說最重要的是發明新詞。杜康真真太幸運了生逢人類開創年代，倉頡造字，遂有「酒」字為他量身打造。可憐我生不逢時……

　　美虹青松雖然同情我的處境，但又表示愛莫能助。交友不慎啊，不幫我想辦法說服傳統，而是幫忙傳統說服我，他們勸我認命，從現有漢字裡選最接近的，只能是釀酒 —— 好吧，釀酒我就

勉為其難。

　　「果醬」豈止不接近，根本遠得離譜，我跟「果醬」有仇，這段積怨上篇已經說過在此不重複。

　　無法找到適當表達，能創新詞也好。就像青松當年不僅用全新方式種田，也用全新方式運行，注意「穀東制」不是「股東」是「穀東」：「預約生產共擔風險」，取消所有中間環節層，農夫與消費者親密接觸。

　　不止是一個新詞，也是開創了一種全新的生活方式。資本不理解賴青松成名之後為什麼堅持親力親為拒絕變大，權力不明白他為什麼拒絕機會自甘邊緣，包括曾經的社會運動戰友也不明白他為什麼不復並肩戰鬥。作為一個農夫，他如願過上了有尊嚴的生活；作為一個文青，實現了晴耕雨讀的夢想；作為一個父親，在田園裡與一雙兒女共同成長；世界把他當成了一個標誌，但他只是在做自己。賴青松為自己種出了一種全新的活法，就像一株全新的禾苗：「權勢金錢，一切都是浮雲。而你只要能這樣活著，就是一切。」

　　「穀東制」在這片土地上生根發芽，我與後進農友得以進入村莊，可以說是「穀東制」結出的果實。當年，不論賴青松走到哪裡，都必須向全世界解釋這個新詞的含義，如今大家都在使用這個說法，如果聽到還要問個為什麼，對不起，你out啦。但如果以為這些人是在做賴青松，那就更加out，因為每個人都是在做自己……

　　我也是在釀造一種全新的生活方式，為什麼，就沒有一個屬於自己的新詞呢？

討論再三，再三討論的結果，改成「水果酒釀造」與「冷漬果醬」。他們覺得已經在我的堅持和人們通常認知之間做出了巨大的讓步，因爲開課在即，我也顧不得繼續感嘆交友不愼只得從權。

嗚嗚，扣子的吃喝玩做動手課，就這樣糾糾結結地在美虹廚房登場了。一直到這本書，糾結依然。

雖然想不出最確切的表達，至少我還要堅持聲明：我不是一個釀酒師傅。

有一些梗，往往只有此時此地的人才能夠意會，比如，在2018年底的台灣，「我只是一個麵包師傅」。

那時候，麵包師傅蘇小曼說「別說我只是一個麵包師傅，其實我不是一個麵包師傅」。蘇小曼是我的朋友，麵包很好吃，但我知道她眞的不只是一個麵包師傅。不僅麵包好吃，更重要的是作法高級：遍訪部落，就地取材做麵包，同時教給當地人，還把自己的酵母留下分享。我說這些不爲給蘇小曼做廣告（她的麵包名聲在外供不應求用不著別人廣告），講這個故事，只是爲了表達對她的行爲和這個人的敬意，覺得很高級。

這一年一直在請人喝酒，別人愛的是美酒的美味，我愛的是別人的讚美，當然不止爲了讚美。

現代人的習慣，看到好東西會問有沒有賣？哎呀早就說過，我不是一個釀酒師傅。

用錢買當然是文明人的邏輯，好過動手搶，但是一旦用買搞定一切成爲習慣，人就成了錢的囚徒，不只收錢做事的人，買的

人也一樣。如果因紐特老爺爺也一買了之，還能做出一柄屎刀極地生存的炫酷行爲嗎？

別說我是一個釀酒師傅，不要以爲我的酒好喝就要一買了之。其實我不是一個釀酒師傅，但我可以說是一個教人釀酒的師傅，當然，我教的，不只是釀酒。

下篇內容，是扣子「吃喝玩做動手課」中的部分內容。之所以是「部分」而非全部和盤托出，不是我有意保留，與美虹青松夫婦大大有關。這個我會在隨後說到。

前三章是已經完成的三節動手課，分別是水果酒釀造、水果綜合利用、柑橘類水果綜合利用，第四章是各種吃喝玩做，分別是水果有關的功能性釀造、糧食釀造、柚子以及開放性、家庭綜合釀造。每一章都是先講與之相關的故事，這一種製作方法和這一類食物與人的關係，在講故事的過程中介紹作法，正文之後以圖解方式，詳解製作過程。

這是我研究創造所得，也是借鑑學習所得，以此，向這片土地致敬，向那些親自活著的人致敬。

## 第一章　水果酒釀造篇
# 杯子裡的革命靜悄悄

　　不管我有怎樣的期待與遺憾，既然叫釀酒課，那就說釀酒。既然說釀酒，當然要喝酒。美虹和小幫手已經做好了準備，12 位學員每人面前兩個酒杯，一杯豔紅，一杯淺淺乳白，請大家猜一猜，用的是什麼水果？

　　我特別提示：都是台灣在地、當季水果。

　　猜酒總是一個好玩的過程，從荔枝龍眼到蘋果，最後還是我自己揭曉：火龍果和紅龍果。

　　揭曉過後驚嘆過後，照例都會是伸手拿酒瓶，要再試一回。

　　大家繼續試，我繼續介紹面前的酒瓶，沒有「最後一瓶」，只有「還有一瓶」。除去課程開始之前預先斟酒，接下來就請大家自助，我會視課程進程，把這些美味佳釀一瓶接一瓶地推出。

　　學員面前，除了兩個酒杯，還有一個裝有蘇打餅乾的盤子，以及一個裝著涼開水的水杯。因為今天下午會遇到各種各樣的酒，各種酒的味道很容易混為一談。蘇打餅、涼開水味道簡單的東西，會幫助我們的味蕾「歸零」。

　　介紹過後，我把另外一瓶豔紅的酒推到了前面，擺在那瓶紅龍果酒的旁邊，同樣火紅的顏色。請大家在吃過餅乾喝過水之後，分辨一下是什麼果子。酒瓶傳遞，餅乾與白開水起落，各種猜，沒有人猜中，那就繼續提示，與剛才嘗過的是一家人啦，請大家猜猜這是火龍果的什麼部位──火龍果皮，這就容易猜到啦。

　　「那麼，請問是火龍果皮的什麼部位，內皮，還是外皮？」我接著把另一瓶顏色接近的酒推到大家面前──這兩瓶，分別是火龍果皮的內層綿質的部分與外層臘質部分。

　　火龍果的內皮與外皮釀出來的酒，味道居然會大不相同。真是不試不知道，自然真奇妙。

　　然後我為大家現場調酒。先在一個透明的大杯子裡倒入大半杯我自己釀製的糯米甜酒，再用細口瓶緊貼杯壁，讓豔紅的紅龍果酒液慢慢進入，就倒出了分層效果。我在驚嘆聲中把這個大杯推給大家：這是火龍果酒的經典配置，妖豔佳人，喝之前搖一搖，混合均勻更美妙。

　　剛才調酒的技法有個專屬名詞，「杯壁下流」。分層調酒專用手法，高手可以在一個杯子裡調出三層甚至更多。不僅色味俱佳，調製過程可觀賞性極強，適合炫酷於家人節慶朋友生日同學聚會等各種場合。

　　進入另一輪品嘗，與妖豔佳人一同推給大家的，是那瓶剛剛參與了勾兌的糯米甜酒，由他們自行比對。

　　僅與火龍果有關，已經喝到了四種，加「妖豔佳人」是五種。酒可以有千變萬化，要做分類的話，按生產方式可以分為釀造酒、蒸餾酒和再製酒三類。酒類的第一步都是釀造酒，蒸餾後得到酒精

濃度較高的蒸餾酒，混合調配的是再製酒，剛才喝到的妖豔佳人，因爲有了穀物酒（糯米甜酒）的加入，就是再製酒。

醸造酒是經微生物發酵得到的酒液，按製酒原料的不同，又分爲穀物酒、水果酒和奶類酒。妖豔佳人，是水果酒與穀物酒的勾兌。我釀過上百種酒，但僅限於水果酒與穀物酒，現在兩大類都已經到齊，敬請檢驗。

說到蒸餾酒，我又拿出了一瓶透明的米酒，這是我用自己的糯米釀造的蒸餾酒。不要小看了桌上現有的六瓶酒，如果我們交叉混合調製，配比幾何級數增長，會有無窮變化的口味，嚇死人的豐富。

「那麼，請問，大家知道，我實現這些變化，用到了多少調味料嗎？」

我自問自答，用手一指，課堂隔壁是一個小賣店，不論城鄉，所有小賣店都有成排的點心與飲品，顏色五彩繽紛，口味各不相同，看看每一種包裝上的成分表，保證嚇人一跳。我做蒸蛋只用蛋、鹽和水，曾經在＊＊富超市數過「茶碗蒸」成分表，除了雞蛋、鹽和水，添加物高達四十多種。「實現剛才的那些味道，用到了我廚房裡半壁江山，百分之五十的調味料。大家知道有多少種嗎？」

不吊人胃口我自己說：「只有一種：糖。最普通的台糖製造。我司廚用到的加工製品只有兩樣，鹽，和糖。我們完全可以取自然食材，靠天地賜予、自己動手，用簡單實現豐富。」

有必要特別強調自然本身的豐富，提醒大家我們已經收到了多麼美好的禮物，不要辜負了自然的饋贈。

　　我釀酒不用任何方式調整 PH 值不加穩定劑催化劑沉澱劑，除了糖之外全都是天然成分，也不用任何手段殺菌，保質亦憑天然。我從來不「灌酒」不「勸酒」，對想喝又「酒精過敏」的，會建議喝一點我的試試看，如果不過敏，說明不是酒精過敏而是對市售酒品裡的添加物過敏。過敏怎麼辦？當然是不要喝嘍。

## 不信真味喚不回

　　與火龍果有關的酒品是第一輪，這一輪用時最長，不僅因為出場酒品多，也是有意為之的「過渡階段」。從世界到深溝，從外面的世界到扣子的世界，需要一些過渡。

　　我們上課的地點在深溝村五叉路口，一個老式穀倉。五叉路口對於過去的深溝來說，是世界的中心，建在中心地帶的穀倉，是小農經濟時代殷實富裕與社會地位的標誌，這種地位隨著現代農業的進程，先是轉移到了不遠處的農會穀倉和碾米廠，很快又轉移到了更遠的台北和連鎖超商。穀倉先是被冷落，後來廢棄多年，直到賴青松引來「倆佰甲」，才又變回招引鳳凰的梧桐，變成了「農民食堂」＋「小間書菜」＋「美虹廚房」，重新成為人們目光與腳步停駐的中心。人自村莊來、自台北來、自世界來，留下他們的故事，也帶走這裡的故事。

　　來上課的人未必知道穀倉的過往與意義，但因修繕過程中盡可能保留了建築的古早元素，能夠體會到封存在老房頂、老牆壁細節裡的時間，有助於拉開與世界的距離，但還是不夠。

　　學員有的從台北來，從宜蘭、花蓮來，最遠的從屏東來，借

助現代交通工具進到這裡，人坐下來還不夠，高速移動慣性仍在。我一再強調，這是一節課程，更是一個邀請，邀請大家，用安靜的心情、敏銳的味覺，與水果和酵母菌一起，度過一個自然舒緩的下午。但是，加上這樣的提示，仍然不夠。

來的都是青松美虹的朋友，對自然生活簡單食物有認同，但現代生活刻印猶在，既有生活習慣在人們味蕾上寫下的成見仍在。我們需要一些方法、需要一點時間，經歷這樣一個品酒猜酒的過程，可以幫助大家沉靜。

妖豔佳人最先出場，也是有意安排，這款配置走遍天下，魅力無人能敵。從顏色到口味到過程，足以把大家從重口味的工業化食品中打醒過來。

第二輪酒品是鳳梨。

我同時拿出兩瓶橙色酒，一瓶是鳳梨，另一瓶是鳳梨皮，看上去，顏色接近，聞一聞，氣息仿佛，但喝到嘴裡，感覺不同。我在將兩個酒瓶推給大家的同時直接揭曉，猜酒這種遊戲，玩一下下就好，課程時間有限，不能只是貪玩。

水果酒分兩個色系，一個紅色系，一個橙色系，現在都到齊了。我對鳳梨的探索多多，這才僅僅是一個開頭，會在這個課程的尾聲揭曉其中一部分，且聽下回分解。

妖豔佳人和濃香襲人的鳳梨系列之後，請大家在進入第三輪之前沉一沉，給自己一個休止符。

現在出場的，是本日出場顏色最淺、味道也最清淡的酒。

　　討論課程時美虹有過顧慮，說這樣安排不合常規，一般都是顏色「從淺到深」味道「從淡到濃」，才會越喝越嗨越吃越好吃。而我完全反了過來，從顏色到口味，都越來越淺淡。

　　我要的就是這樣。如果只是順著慣性走，只能越來越濃烈，越來越辛辣厚味，辣椒不過癮換朝天椒，朝天椒之後上小米辣，最後只能通往商店貨架上那堆重口味添加劑，朝天椒小米辣都需要時間，化工廠合成辣素只需幾分鐘，就能滿足人對辣味刺激越來越高的需求。沒時間分析到底是超市的貨架帶壞了味覺，還是人的需求帶壞了超市，或者你情我願二者相輔相成，我要把人的口味再拉回來。

　　給我兩個小時，不信真味喚不回，我絕對自信能夠用簡單食物擺平任何挑剔的味蕾。

　　由濃豔到淺淡，那些酒分明是在訴說：所有眼花撩亂的添加全是浮雲，最好吃的，恰是淺淡真味。

　　在封存了時間的老穀倉裡，大家和我的酒一起，經歷味覺的逆向流動。只要靜下來，就能夠慢慢品出，是什麼樣的果子變成了我們口中的酒漿。靜下來，會聽到酒在味蕾綻開的聲音，能夠品味到活菌酒微微的氣泡碰撞舌尖有種細緻到幾乎不可琢磨的炸裂感，體會我們的味覺怎樣跟這些有故事的水果對話，體會我們的生命如何跟這些美好食物背後的故事連接……

　　我請大家，放下成見，打開味覺，「你會進入一個不同的世界。」這不是老穀倉的世界也不是扣子的世界，而是幫助你喚回本能，找回一個你原本擁有、但被虛擲被浪費的世界。在這個世界裡你不僅嘗到了美味，也重新找回了一種能力。相信人與自然

食物的對話能力是一種生命本能，在遙遠的遙遠的年代裡，人類的先祖，就是依靠這種能力，在自然淘汰裡存活並勝出的。

我們的生命中攜帶了很多與生俱來的禮物，如果我們終此一生都不曾用到，該有多麼遺憾呀。

我對自己的酒有信心，也對人的本能有信心。現代生活可以覆蓋它，美好的食物也可以喚醒它。

## 天地賜予的寶貝　一點也不要浪費

大家一邊喝，我一邊講這些酒背後的故事。

糯米酒釀造用的糯米，是我自己親手種出來的，我的田離這裡不到兩公里。親手留種、育秧、單株手插、全程不施用任何農藥肥料——注意哦，是肥料，不是特指化肥。

我相信自然，喜歡自然循環中天生天長。

這樣天生天長的稻穀，收割後手工日曬，由村莊裡老農夫用小機器碾米，再在我家廚房裡蒸米釀造，每一個過程，一絲一扣都有手的感覺、人的溫度，都是人與自然對話的產物，美味渾然天成。

釀酒所用的奇異果，得自不遠處的梨山，果子的主人，是台灣奇女子阿寶——李寶蓮。

阿寶曾單槍匹馬遊走天下，一路走一路畫行腳歐亞山川，人生旅程率性傳奇。她和三毛，都是我心存仰慕的台灣女子，不論是遠走天涯還是耕耘故土，她們都是在做自己。阿寶也是最早關注台灣土地問題並付諸行動的先行者，而立之年開始思考「一生

中要有一段日子流汗低頭向土地索食，生命的過程才算完整」，從1999年起在梨山租地討山，不僅自己靠討山賣果子過活，也用陡坡地退耕還林，發起宜蘭大宅院友善市集，「吃在地、吃當季、支持小農、友善耕作」，成立「守護宜蘭工作坊」保護農地……

阿寶的《女農討山志》簡體版叫《討山記》，我早就買了，對阿寶那叫一個羨慕嫉妒恨 —— 瞧瞧人家！

貨比貨得扔、人比人得死。我也是個有著山林農耕夢想的人，也嚮往那種「流汗低頭向土地索食」的生活。我跟阿寶同年，都生於1965……不能再比，人比人得死，再比我就活不成了。

感謝命運機緣，讓我在五十幾歲的時候過上了這樣的生活，並與阿寶結緣。

從我家去梨山搭公車要四小時，在曲曲彎彎的山路上狂轉彎，號稱從不暈車的我差點暈死，入一趟寶山，真不容易。

阿寶正在果園裡忙著給奇異果套袋，原來梨山不僅有梨子，還有奇異果。

在阿寶的果園裡撿到寶：落在地上的奇異果。阿寶說落果不足五成熟，太過酸澀，不好吃。

沒關係用來釀酒就好吃了。我一直是走到哪裡釀到哪裡，我一來，阿寶就會有喝不完的酒。

但阿寶不喜杯中之物，單是我背去山上的幾瓶酒已經喝不完，慨然將一大堆寶貝交我全權處置。

阿寶的果園，不施化肥農藥，純淨天然，連皮帶肉都是寶貝，一點都捨不得浪費。我分別釀了兩甕酒：一甕果肉，一甕果皮。

初濾先嘗果肉酒，好喝到哭！再嘗果皮，好喝到惱羞成怒：

居然更好喝是什麼道理嘛！

阿寶辛辛苦苦種出來的果子，我千辛萬苦一路狂暈帶下山，這麼寶貴的東西，釀酒之後也不會丟。

釀酒之後的果皮，按比例加入水和黑糖，六個月後，會變成食用酵素。

果皮都被如此善用，果肉當然要更加慎重「搞剛」〔厚工（台語，費工）〕地對待：被我繼續加工，變成冷漬果醬。

冷漬果醬是下一節課的內容，但我在這一節拿來兩瓶，給大家品嘗，分別是果肉和果皮酒濾出來的沉澱物。果肉那一瓶容易理解，果皮那一瓶，則是削皮時附在果皮上那薄薄一層經歷了釀造過程，從果皮脫落而成的。

總之，這批得之不易的寶貝，被我從皮到肉、全食物善用，全無浪費。

不止阿寶的果子，所有的食材都是寶貝。人向土地索取已經太多，全食物利用就可以降低索取，緩解資源耗竭，不僅是惜物敬食，也是人類自保。

人是幸運的，萬物之靈，可以享用自然的豐厚賜予。吃東西的時候，會有相當一部分是被丟棄的。為什麼？因為它們「不好吃」。好吃，當然很重要。鳳梨皮火龍果皮奇異果皮「不好吃、不能吃」，這些「農業廢棄物」到我手裡味道怎麼樣？

「好喝！」「好吃！」自然又是一片驚嘆，這個我已經習慣了。

不僅好喝、好吃，還有營養。我的手作課特別強調全食物利用，可以更好地與天地賜予對話。我們選水果的時候往往會聯想

到營養價值，但是要知道，對水果營養價值的介紹往往是指「水果整體」，而且，水果的皮中營養物質的含量往往更高，我們吃果肉丟果皮，不僅丟掉了剛才的好味道，也丟掉成分列表裡的營養。

## 回歸家庭廚房找尋食物眞味
## 與現代食品觀念保持適度距離

以我全情投入的個性與拚命做事的習慣，不難看出，如上題目何等節制，何等下不保底。說到上不封頂，我眼下在宜蘭深溝的幸福生活即是，我家廚房，禁絕添加，且有大量活菌。但對他人，我不苛求。

看到過一張網路上傳的圖：台灣人的需求金字塔。基礎一層是「找得到工作」，向上依次是「租得起房子」，人都要有地方住；「下班還來得及和朋友吃晚餐」，需要社會交往；「被老闆當人看」，有個人尊嚴；「買得起房子」，安居；然後是「有錢結婚生養小孩」。最上層，是「安全無毒的食物」。

在鄉下種田，友善種植不用化肥農藥，直接躍入最上一層。不是每個人都能有這樣的機會，人只能活在現實中，為了事業發展工作機會賺錢養家子女教育贍養老人等等，不得不住在城市，如何得到安全無毒的食物？

有人說，必須足夠有錢，才能吃得起昂貴有機餐，去有機品牌店購買食品。這當然是一種辦法。但是還必須提醒：有機原料也要注意加工。用有機蛋加四十幾種添加做「茶碗蒸」，對人體的危害不亞於農藥。

　　更重要的是「吃在地、吃當地」，還要自己動手，就像阿仙和我一樣，去最近的傳統市場，吃當季、吃在地，選購簡單包裝低加工食材，可以通過自己動手降低添加劑攝入。

　　天空中飛舞著太多故事，故事聽多，也就審美疲勞，故事歸故事，阿寶自阿寶三毛自三毛，生活自生活。把健康生活也當成別人的故事，只是聽聽而已。不過，無處不在的添加劑對人的危害不是故事哦。

　　我的釀酒課不是故事，是真事。吃到的喝到的都是真實的，而且，完全可以自己動手做起來。

　　做課程設計的時候我就非常清楚，一定要簡化操作，讓初學者當堂易學，回家易做。

　　所有的技術細節，都是無數次操作驗證過的。不要說自己的廚房小甚至沒有廚房，沒條件。我 2017 年一個背包走天下，照樣走一路釀一路美酒。

　　釀造，不單單是在釀酒，也是在與生命和健康對話。

　　但說到這裡必須插播重要提醒：「飲酒有害健康」。代謝轉化酒精是肝臟的任務，大量的高濃度乙醇讓肝臟超負荷運轉，絕對有害。在我家，出高度酒都會一再提醒，低度酒也不能過量，不是不捨得，是怕影響健康。

　　我現在教的各種自釀酒，都是低於 12% 的低度、活菌酒，10% 左右的乙醇，恰恰是食物營養時空中的「超級搬運工」。自然發酵過程中，第一步是變成酒，細菌與水果或糧食戀愛最早產生的是乙醇，溶解能力超好，可以將很多高溫蒸煮也難溶解的寶貝（如白藜蘆醇、黃酮類）提取出來，變得易於人體吸收，至於這

些寶貝的作用，敬請自行上網查詢，我不囉唆。

　　家庭廚房釀造，不用穩定劑添加物人為控制，酒液中不是單一菌種，還有醋酸桿菌等。未經蒸餾仍為活菌狀態，過濾後仍有發酵，時間長了會變酸成醋。醋可以減肥、降血糖。

　　水果營養成分列表中的很多有益物質更多存在於表皮，如柑橘類、百香果、奇異果等，通常都是被丟掉的廢棄物，就算不丟，咬緊牙關吃下去，吸收也極其有限，因為人類胃腸道中不會自己合成溶解這些寶貴成分的「溶劑」。釀造過程中的發酵作用和發酵產生的乙醇，則是上天派來專門溶解這些寶貝的天使搬運工。回歸家庭廚房，自己動手釀造，全食物利用，通過釀造與搬運作用，提取食物營養，更易吸收。

　　自然冥冥之中已經做了很多巧妙的安排，只待魔杖一點。現在我們要做的，就是自己動手，在家庭廚房裡成就酵母與糧食水果的這段愛情，看上去結出的果子是酒，其實是我們的健康。

## 「25」包打天下

　　既然是釀酒課，自然會認真備課，還準備了講義，美虹列印出來，每人一份。

　　品嘗階段之後，把講義發給大家，開始進入「講課」，但是，當大家推開面前的酒杯，端正坐好，拿出筆來準備紀錄的時候，這個不靠譜的老師啊，開口居然說：「講義都是騙人的」。

　　確實，我一直這麼說：「講義都是騙人的，只須記住一個數字『25』就可以包打天下。」

　　釀酒就是在細菌的作用下，兩個糖分子轉化成一個酒分子。不管酵母種類，不論釀什麼酒，細菌最喜歡的甜度是25％，喜歡的溫度也是攝氏25度，重要數字只有一個：25。記住25盡可以包打天下。如果要上課要看講義，到此爲止，盡可以收拾講義學成回家去嘍。

　　大家交錢來上課，卻遇上這麼不靠譜的老師，先是五顏六色一通大酒把人喝到茫茫，終於開始講課，卻讓人回家。

　　但眞實情況就是這樣，我自己釀酒，也是這麼回事。

　　至於一些操作的細節，水果怎麼切，容器怎麼洗，以我的習慣，也是上不封頂下不保底。講究起來，一粒火龍果被我五馬分屍三罐四罐分別釀造，一粒鳳梨不僅要分別釀造，連刀法手法都有說法，不僅事關釀酒的味道，也關乎此後水果綜合處理階段的形態是果泥還是果乾還是果脯……若論大而化之，想想猴子是怎麼做的，找個樹洞隨便丟，照樣也能變美酒不是嗎？

　　所以，我的釀酒課，只把乾貨和盤托出，至於如何自由發揮，全看個人喜好。


　　兩個25的具體運用。溫度關乎酵母活躍程度，高一點就活躍，發酵過程短；溫度低的話發酵時間就長一點。我崇尚自然，溫度看天，不人爲干預機械恆溫。知道這個數字，其實只是爲控制濾酒時間做參照。

　　另一個甜度25，則要分科學釀酒法和大而化之釀酒法兩個流派，分別講解。

　　如果是科學派，那好，我家裡有兩款糖度劑，可以精準測量

糖度；我家裡也有秤，可以精準測量水果的重量；我電腦裡還有一個公式，可以精準計算……但是，必須實話實說，就像我的糖度儀和電子秤從來不用一樣，那個公式，我也是從來不用的。

作為一個負責任的釀酒老師，我有責任讓大家知道，世界上是有這樣的釀酒方法、有這樣的計算公式的。

如果你跟我一樣，是大而化之派，那就簡單啦。大家可以先把水果裝入容器，占容器容量40％左右，再調製25％的糖水，加到容器80％。當然這樣得出來的綜合糖度肯定不夠25％，因為自然界中水果的甜度都沒這麼高，一般水果的甜度在10％左右，西瓜草莓一類清爽派只有4～7％，蘋果葡萄芒果龍眼一類超甜水果最高也不過14％，要想達到25％的綜合糖度，就要進入下一個步驟：補糖。

雖然我給大家的講義上後附一個網上搜來的水果糖度表，不同水果的糖度一望而知，但是必須再次實話實說，我自己從來不用，我用的是隨身攜帶的工具——嘴，嘗嘗甜不甜。

當然我知道不準確，但是，這樣最大的紅利是可以順便吃一點水果，看到水果不吃，會傷心。

讀者也許會好奇，我做學生的時候，老師教的明明是科學釀酒法，為什麼輪到我當老師，全用這種大而化之的辦法誤人子弟？

發明這種大而化之釀酒法，與我的生活狀態有關。我上釀酒課尚在徒步環島，不可能買儀器，又心癢難忍非釀不可，只能從權大而化之。不料一路各種釀造各種好評，一直釀到泰國好評遠播海外，也就養成了大而化之的不良習慣。其實必須承認，大而化之是久已有之的習慣，於是一路將錯就錯到現在。

　　當然我知道這麼做不夠精確，但是同學們要知道喔，剛才大家喝了都說好的那些酒，都是這麼釀出來的。我們不是要培養釀酒學博士，要精益求精難益求難，推廣家庭廚房自己動手，自然是越簡單越好。

　　當然也會遇到學員一定要求精準。那麼好吧，各種各樣的作法我都接受，在這一點上，也是上不封頂下不保底──儀器我都帶來了，敬請自助。

　　說了這麼一通，到了實際操作階段，要調製糖水，醜媳婦總要見公婆，我的大而化之調糖法總要亮出來給大家選擇。反正我調糖從不用秤，只用寶特瓶，請問：要想得到一瓶25%的糖水，需要先在瓶子裡加多少糖？

　　凡是回答加四分之一的，一律給「0」分。怎麼有比我還不靠譜的學生？要知道糖完全溶於水，加四分之一糖，得到的糖水是20%好不好？糖要三分之一容量再加滿水，才能得到25%的糖水。

　　完成如上操作之後，再加檸檬汁增加酸度，因為酵母不僅喜歡25%的糖度，也喜歡酸。酸度低的水果一升加一粒，酸度高的如酸桔和酸鳳梨可以不加，其他半粒。在標準的水果酒釀造規範裡，酵母與檸檬汁一個都不能少，但在我這裡少誰都照釀不誤。不過講課是還是要盡可能全面，把這些內容也都講到。

　　終於到最後一個步驟，加酵母。每一次上課我都會準備兩瓶自己的酒引，與從老師那裡買來的酵母一起帶到現場，交由大家自己選擇，一瓶紅色系一瓶橙色系，都是我濾酒之後的酒泥，至於種類不確定，不是看心情，而是看當時我正在釀什麼、濾什麼。我們釀出來的酒和酒泥都有大量酵母，都可以當酒引。但是，酒很好喝，

果醬很好吃，捨不得。沉澱出來的泥狀渣渣拿來當酒引，正合適。

　　加入酒引之後，就可以帶回家靜待佳音。發酵過程一般七至十天，我五六天會打開試試，一聞，聞是不是有酒香；二嘗，不僅嘗甜度也嘗口味，甜度低，說明糖已經被轉化成了酒，至於口味，各人喜好不同，有人喜歡喝甜一點的，有人喜歡甜度再低一些酒味更濃一點，那就可以再等一等。提醒：天氣熱的時候，發酵時間會變短。

　　我一般習慣於偏甜濾酒，因為發酵反應還會繼續，靜置回熟期酒度略增甜度略降，剛剛好。

　　濾出的酒汁靜置熟成一到二周，會看到酒汁分層，上層清下層濁，最下面出現一些沉澱，要再分裝一次，清的部分是通常所指的水果酒，濁的部分可以當作酒引，最下面貼著瓶底發白的主要是單寧質，我倒堆肥。

## 妖豔佳人前世今生

　　不要以為，把水果都釀好裝瓶，大伙就可以各自返家。我終於得到機會，又從箱子裡拿出另外一堆。

　　現在，終於可以控訴美虹了。

　　在課程準備階段，美虹就一再警告我各種「不許」，說了很多，聚焦一下主要是兩樣：「這不許」和「那不許」。我都可以委屈求全答應她，但受不了「不許帶太多酒」。

　　天哪天哪，為什麼？我終於得到機會呼朋喚友喝美酒，為什麼不許我帶酒？但美虹再三強調是釀酒課不是品酒課──嗚嗚嗚

管這個叫釀酒課是你們自己說的啦。

辯論到最後，美虹不是一個人來，還叫上青松，一起來說這不許那不許，真真雙拳難敵四手，交友不慎哪！只好連這一條也答應，當時我們達成協議：只許帶三種酒。

所以，各位親愛的讀者和學員，大家看到了吧，我在課程開始的時候，首先給大家品嘗的，只有三種，火龍果系列、鳳梨系列和奇異果系列。

不過我玩了一點小小的文字遊戲，說三種，就三種，我沒有說三瓶哦。

但是要知道，美虹是助教，所有的酒，都是在她眼皮底下出場的，對自己的酒我有信心，但對讓酒出場沒信心，總是忍不住悄悄看美虹的反應，生怕將她惹翻。

我當然知道美虹很辛苦，不僅要當助教幫忙太多事，更重要的是維持課堂秩序辛苦。因為課堂秩序不是被學員破壞，而是會被老師帶壞掉。

我知道她最關心的是釀酒課能否順利完成，總是擔心我只顧貪玩品酒，把大家一個個喝到茫茫然不知所以，忘記這是一堂釀酒課。現在我們終於把所有釀酒的內容都完成，壓箱底的寶貝可以出來透透氣啦哈哈。

但這一次拿出來的不是酒，而是妖豔佳人前世今生。

我之所以情迷釀造沉醉不知歸路，不是貪杯。我不愛喝酒，釀酒經年，酒量一如既往地不爭氣。釀造這個遊戲，實在好玩。說我是個釀酒師傅，看到的只是杯子裡的酒，但是，如果你肯循

著這杯酒的生命上窮碧落下黃泉，就會發現，它們的前世今生，都是數不清的故事，玩不完的花樣。

妖豔佳人，由紅龍果酒與糯米甜酒混合而成，這是一次出場的是糯米甜酒的前世，酒釀，就是我左手的這一瓶。紅龍果在釀酒之後的酒泥，經過糖漬，來世就變成了我右手這一瓶，將這兩種放在一起，既養眼養心，還養胃。這是我超級喜歡的夏季甜點，我吃市售冰淇淋會胃疼，「酒釀＋酒泥」就是我的冰淇淋，吃這個不僅不胃痛，還治胃痛。

有人說我信口開河，誰都知道糯米不好消化，怎麼可能吃糯米會治胃痛？

絕對不騙人，我真的吃吃吃也不會胃痛。

說糯米不好消化是因為它有糯性，太黏，糯米支鏈澱粉含量高，每一個分子都枝枝叉叉就像梅花鹿的角，這樣的分子抱團黏在一起，肯定難解難分，比直鏈澱粉為主的白米要難消化。但是，如果把糯米蒸煮之後加入酵母就不一樣了，每一個分子都有那麼多枝枝叉叉與酵母擁抱，很快糖化，所以甜酒釀不用加糖就有自來甜。而糖份，是最容易消化的，所以，吃甜酒釀一定不會胃痛。

當然也有副作用──會上癮。

自製甜酒釀的各種配置都好吃，而且是越吃越好吃，根本停不下來。

不過這不重要，我總是一邊吃，一邊寬慰我的隊友：放心吧，我是不會管著你的。冰箱裡有大瓶大瓶的甜酒釀，都是我親手做的，倉庫裡還有大袋大袋的糯米，都是我親手種的，又不是吃不起，為什麼要管著嘴？

## 金風玉露一相逢

酒，可以有無窮變化，不僅好喝，有益健康，還好玩。現在我們玩另外一個勾兌遊戲。

勾兌，是我愛玩的遊戲。我的「工廠」就是自家廚房規模有限，儘管已經釀過一百多種酒，但種類和口味仍然有限。勾兌不僅有無窮變化，還會引出新的意想不到的玩法，好玩之上又加了一重有趣。

勾兌之前，先問問題：「課程一開始的時候，我們喝過兩種鳳梨酒，請問還記得是什麼嗎？」

之所以用到「記得」這個詞，是因為美虹不許我帶太多酒的理由包括「喝那麼多他們根本就記不住」，我當然要檢驗一下是不是能記住。有人真的記不住直接搖頭，有人是去翻筆記翻講義才回答鳳梨和鳳梨皮的。嘿嘿，看來，不顧我的反對，記筆記還是有用處的哈。

把一粒鳳梨大卸八塊可以得到三罈美酒，釀酒之後的鳳梨肉和鳳梨皮分別處理又可以有很多種可能性，現在我左手瓶子裡的，是將鳳梨肉糖漬之後滲出的汁液，有 3 度左右的低酒度，但糖度很高，甚至有可能高於 25%（為什麼這麼高是下一堂課的內容），這樣的甜度已經不適合直接飲用。

現在右手的這一瓶，是我的糯米酒尾。是將糯米發酵之後進行蒸餾，最早蒸餾出來的叫酒頭，度數較高，夠勁；最後是酒尾，度數很低，低於 20 度一般會被當成料理酒，再低就沒人要了，因

爲沒勁，不好喝。

但是，這種沒勁的酒尾有一個非常顯著的特點：米香濃郁。

我將這瓶不足 10 度的酒尾傳下去，請大家試嗅試品，聞起來香到不行，但清湯寡水確實不夠好喝。

我們現在做一個遊戲，把這兩樣放在一起會怎麼樣？

哇，這麼好喝！又一片呼聲蕩漾。

米酒酒尾的米香和濃郁的鳳梨香氣相得益彰，過於甜膩的鳳梨汁與寡淡酒尾恰恰互補，好喝到不行，酒度不高只有六七趴，是超級棒的聊天酒。我管這種叫金風玉露。金風玉露一相逢，便勝人間無數，自信我的酒當之無愧，但是，我更期待的是，這種釀造和配比的方法能被大家接受，也能撞擊出這樣的火花。


最後一個節目是一場賭局。美虹沒有反對我在課堂上開設賭局，是因爲她自己也忍不住下注啦哈哈。

一周以前，我種的洛神終於可以採收，自然要採來釀酒。

採洛神、爲洛神吐籽，前期準備一路無話，洛神入甕也沒什麼說的，扭頭看到旁邊半盆洛神種籽，不由躊躇：丟，還是不丟？這是一個問題。

親愛的讀者你一定已經猜到，我用來釀酒了。

當時暗想：大不了釀出來味道難以忍受，那就用來蒸餾，也許就此發明一種「洛神白蘭地」也說不定哈。

試過之後立即拍照發臉書，設了一個小小賭局，賭一周之後開酒。好喝，或者不好喝，結果我說了不算，會請所有學員當評委，現場濾酒試喝，大家公斷。猜中者邀請參加一周後我家的「披

薩趴＋品酒趴」。

美虹賭「不好喝」：味道怪怪，拿來釀酒，怎麼可能好喝？

把這罐味道怪怪的東西帶來課堂，說實話我自己也不知道怎樣，不過還是先請大家選邊。九個人舉手不好喝，三個人舉手好喝。

現場過濾，得酒兩瓶，美虹要拿去請大家自助，我攔住她：「等等，我們來欺騙一下大家的味覺。」

我將其中一瓶加進半湯匙白砂糖，搖勻化開，再一起推給大家。

那天學員現場實測的結論是：好喝，九人舉手，包括美虹；不好喝，沒有人舉手，不是怕被我打，而是確實「不知道怎麼說才好」，是真正的棄權。

有趣的是，大家討論最熱烈的，是那兩瓶洛神種籽酒，哪一瓶更好喝一些？

過濾和加糖就是在課堂上進行的，差別僅有半湯匙，人的味覺有很多臨界點，一點點就可以改變結果。

其實，我為了課程拚命帶酒品，還用了「金風玉露」一類煽情稱謂，使盡渾身解數對待每一個環節，也是期待自己所做的一切，像加進去的那半匙糖一樣，能夠觸動學員的臨界點，引發改變，引發生活中的革命。

那堂釀酒課，不僅「有吃」、「有做」，還「有帶」，每人帶回兩瓶酒，用阿寶的奇異果和奇異果皮所釀。當然，不僅送大家兩瓶酒，另外奉送再三再四忠告提醒：都是活菌酒，需要呼吸，

回到家裡一定要旋鬆瓶蓋。我自己是有過酒瓶氣爆驚恐經歷的。

下課後青松再三追問感受，一位善飲的學員農友說超值，單是喝的那些酒就值了，還有釀酒課和贈品，更超值。

確實超值，我故意的，不怕做成賠本生意，因為我在做一盤「大生意」。在課堂上，各種扣子手作（注意，不僅有酒）已經用好吃征服了所有人的味蕾，這其實是一場革命，顛覆工業化生產和超市貨架的革命。阿寶的奇異果酒雖然好喝，但我真的沒喝幾口，都送人了。我把如此珍貴的寶貝送出去，相信這些食物和食物後面的故事一定會帶來更多的顛覆，期待能夠引出更多的生活革命──發生在我們生命裡的革命。

不僅好喝超值，還另有所值。第二天，另外一位學員也是同村農友大娟姐帶來另外的效果：「上廁所的時候，哎呀那個暢快呀。不是拉肚子，就是很暢快、很舒服。」嘿嘿我一直那麼暢快，所以從來不懂妳的堵。

「好吃、超值、暢快」，這就是革命，已經在你的身體裡靜悄悄地發生。接下來就是你的事了，由你來決定：是僅此一次發生在扣子的課堂，或者僅僅是個開始每天都發生在你的生命。

## 需要一場生活中的革命

用到革命這個詞，並非隨口說說不過大腦，是我認真想過的。

工業革命從根本上提升了人類生活品質，但也粉碎了人的生活。

農業時代，一個家庭就是一個完整的從生產到生活的循環，

一千個家庭有一千個廚房，有一千種加工方法和千千萬萬口味。現在一萬個廚房也許不同，但卻只有同一種口味，來自同樣的超市、同樣「正常」的品牌。

拜工業革命所賜，現代人前所未有地方便快捷。但是帶來便利的系統同樣無孔不入地控制我們，粉碎了現代人的生活。看上去超市貨架前有無數選擇，但只是在不同品牌和價格之間，選擇根本相同的生產過程，接受大同小異的添加。看上去我們的家防火防盜風雨不入，但實際上權力系統已經掌握了起居飲食所有的細節。

我不是個釀酒師傅，不僅自己動手釀酒，也不僅自己動手釀一切，我是以此奪回食物主權、生命主權，奪回我們生命中被剝奪的自由。

當我說到這樣話題的時候，很多人會說沒辦法，就算意識到也沒辦法，因為做不到，沒條件。

條件？我是不相信追求自由需要條件的。

刨去坐牢不算，我人生中最不自由的時候是取保候審，不僅事實上不自由，法律上也不是個自由人，不僅身體不自由，生命也不自由。還有漫長的身心崩潰，不僅是法律的囚徒、警察的囚徒，也是崩壞身體的囚徒，是瀕危抑鬱情緒的囚徒。那樣的處境下都能實踐自由，我說追求自由不需要前提不需要條件是有根據的。

那段時間，除了認真執行「拚命養生法取保候審版本」，還花了接近六萬元人民幣在自己的小院裡建了一套水電自給自足的生活系統。是這輩子花在自己身上最大的一筆錢，我一直不是個有錢人，為了這個系統不斷拿妹妹當提款機，家人憐惜我重創之後

的任性聽之任之。但這真的不是任性不是沒過大腦，我思量已久。

　　我在泰山東麓有一個小窩，二十幾坪的房間，十坪左右院落，這麼多年四處奔波，一直期待要建一個「關起門來朝天過」的系統。先在屋後打了一眼井，北方乾旱缺水地區，井深四十米。泰山水質很好，岩層以下是甘甜的優質水。但要有潛水泵才能將水提上來，潛水泵需要電。

　　又在院前建了一個太陽能發電系統，九片 150 千瓦的太陽能發電板，完全滿足我的能源需求。

　　但是，發出來的電是直流電，而我們的電器用交流電。有一種辦法是將發出的電接入國家電網，賣電，當時也有政策鼓勵家戶發電。但是我不要。

　　我要的是一個自給自足的系統，雖然並不排斥與國家電網連接，也不排斥賣電，但是那樣我的電還是要匯入電網大海，一旦電網停擺，頭頂空有電流運行，自己照樣沒電用──這不要是我的狀態。

　　於是繼續投資，四塊巨大蓄電池儲電，夠我一天用了，還需要再安裝一個逆變器，轉換成交流……

　　麻雀雖小五臟全，系統雖小毛病全，我差不多變成了能源問題專家。但是不管怎麼說，這個系統，最後確實建起來了，我的生活能源全部依靠電能，除了電動的潛水泵還有電熱水器電磁爐電鍋電冰箱……水電完全自給自足，可以關起門來朝天過。

　　當然我做不到真正關起門來朝天過，不僅因為我不產糧食，小院太小也無法提供足夠的蔬菜，更重要的原因是我擋不住突如其來的警察。警察叔叔詫異我到底在玩什麼，我實話實說，問他們

如果我在門口掛一幅對聯「關起門來朝天過、帝力於我何有哉」可還算對仗公整？

警察自然堅決不信，一直害怕我別有用心。我能水電自給自足但他們不能，我能實話實說但他們連實話都不敢信，雖然他們是官兵我是賊，他們是貓我是老鼠，但我比他們自由。

我身心破碎自由堪憂，但在法律剝奪和警察監視之下，靜靜實踐了一項革命，能源革命。

那段生不如死的日子裡有個功課，每天問自己：我愛這樣的生活嗎？對自己的生活滿意嗎？——當然不。

那麼，我能為自己做一點什麼？——那麼我就去做，不管多麼微小。

如今，我在自由之地，過自己最愛的生活晴耕雨讀，我在村莊如在天堂，依然每天問自己：我愛這樣的生活嗎？對自己的生活滿意嗎？——我愛這樣的生活，愛得要命。

對生活極其滿意，如果＊＊就更好。那麼，我能為自己做一點什麼？——那麼我就去做，不管多麼微小。

我要立即動手改變那一點點「＊＊」的遺憾，要在自己的農舍裡，實踐一場能源革命。

親愛的讀者，如果你以為，能源革命就是像當年一樣打井發電那就錯了。不管是置之死地這樣的背景，還是打井發電這樣的場景，甚至友情出演的警察叔叔國家權力，那些根本不重要，重要的是自己要什麼。我要的是自由，要重新標定個人自由與權力系統的關係，擺脫或者降低個人生命對權力系統的依賴，現在也一樣。

我是怎麼做的呢？寫到這裡，推開電腦、丟下正在趕進度的

書稿，起身將屋子裡的沙發丟出去。

當然，做為一個節儉的人，並不是真的要丟垃圾，而是從房間拖到了門外屋簷下。如此我有了一個風雨無礙的戶外區域，可以讀書寫字也可以吃飯發呆，其實用來做什麼不重要，更重要的是在這裡可以盡情擁抱自然光和自然風——我承認，我對自然光、自然風有執念。

從現在起，我要減少電能使用，再具體一點，是減少使用電燈的時間，盡可能利用自然光源。以我一貫上不封頂下不保底的生活態度，這就是我此時此地的能源革命。

必須實話實說，我這麼做，最根本不是出於理念，而是天性。

經常被問：「妳為什麼不開燈？」「為什麼不開電扇？」

為什麼？我們宜蘭山好水好空氣好，這麼好的空氣和陽光，為什麼不多加利用？

就如賴青松所言「你只要能這樣活著，就是一切」。我只要順應自己的天性活著就是一切，就是革命。

革命真的不需要條件，如果說，認識高天那一年，我生活中最重要的革命就是添盤子，那麼，在剛剛過去的 2018 年，我生活中最重要的革命是什麼？不是住進深溝，也不是耕田釀酒，而是：我不用衛生紙了。

這場革命發生在我去梨山拜訪阿寶之後。

此前讀書，對她的廁所無限景仰。阿寶親手搭建的廁所坐擁無敵山景，一到她家我就去體驗，確實山景無敵，高級到不行，但也有困擾，找不到衛生紙。

問起才知道，阿寶不用衛生紙。

　　我覺得這樣很高級。雖然我平時的垃圾產生量已經很低，如果去掉衛生紙，又會減半。

　　回到家我就把衛生紙收起來了。

　　但是很快又拿出來，因為客人需要。我可以學高天把自己杯子裡的水喝到一滴不剩，但還做不到像他那樣要求別人。其實，親愛的讀者，看到這裡你已經明白了，我這是又做了一種折衷，既不想客人尷尬，也發出委婉的提醒：如果來我家做客的時候自帶手帕而不使用衛生紙，我會很高興。當然，如果不管是不是來我家，你都盡量不用衛生紙，我會更高興 —— 革命也已經在你的生命裡發生了。

　　革命說難也難說容易也容易，就看你是不是願意讓它發生。如果我說向賴青松學習必須也種五甲田、向阿寶學習必須也討一座山，他們會說我是抓錯了焦點。學不來阿寶的無敵山景廁所，至少可以學她不用衛生紙。我可以不必學高天左撇子，至少可以學他舔盤子。

　　形式不重要，是不是發明「穀東制」、有沒有寫一本《討山志》也不重要，重要的是做自己，在現代社會權力系統對人無孔不入的掌控之中，用自己的選擇、依靠自己的雙手，爭得做自己的自由。

　　供水供電醫療衛生國家機器，都是權力系統，我們的人身自由甚至身體健康都在這個系統之中，那一年我處在如彼不利的狀態下，居然多頭出擊，不僅做出了一個水電自給自足的生活系統，還土法煉鋼讓自己活轉回來。我說實踐自由不需要條件什麼人都可以做什麼處境都可以開始，真的不是心靈雞湯。

## 先占領他們的嘴巴再占領他們的腦袋

上一節講了我對生活革命的理解和我自己的實踐，這一節講我作爲一個生活課講師如何推動他人。

「不知道，不好吃，不能做」。是我推動生活革命時最常遇到的問題。

其實說「不知道」也不是眞的不知道，種種現代病和現代生活方式的弊病大家都知道，準確地說是「不知道怎麼做」。那好，我現在分享的，都是具體作法。

說「不好吃」，是我非常非常理解、也是最爲同情的理由。「好吃」一直是我追求的目標上不封頂。應對這個問題，親愛的讀者你已經看到了，我的辦法就是「請你吃」，吃過之後，請你自己判斷，是不是好吃。

好不好吃？── 好吃。

想不想做？── 想做。

那就簡單了，不論我的動手課還是這本書，就是要讓人「一看就會」──「不能做」，自然迎刃而解。

我對美虹青松大放豪言：只要給我兩個小時，保證擺平任何挑剔的味蕾。先占領他們的嘴巴，再占領他們的頭腦。

這一次他們沒有再說這不許那不許。因爲，我要做的事情，與他們做的，異曲同工。

聽過青松故事的人都會記得他一再講到，一次死裡逃生的經歷對他的改變。二十年前，主婦聯盟共同購買中心副總經理賴青

松駕車在十字路口有過一次午夜驚魂，生死一線。生死線的這一邊，是忘我投入的社運青年，另一邊，是急於回歸個人生活的丈夫與父親：「太太和出生不久的女兒還在我父母那裡，我要接她們回家。」

回家，不只是從父母家到自己家，而是自己的生活。

他的父母走過了那一代台灣人的典型道路，從辛苦的南部農家子弟到富裕的台北企業家，但那不是美虹青松想要的生活。

他們都是社運青年，在解嚴前後的社會運動中相遇相愛，投身環保教育，在開創時代的主婦聯盟拚命，曾經以為，這是自己想要的生活。

那次九死一生的經歷，讓青松反思什麼才是自己想要的生活，他要在國家權力邏輯、企業資本邏輯和社會運動邏輯之外，找尋屬於自己的活法，不要在自己的社會理想裡，過別人的生活。親愛的讀者，你已經知道了，賴青松自己的生活，就是「穀東制」。當然他的生活不是只有穀東制。

賴青松第一年的穀東，大部分是他的朋友：「第一年，肯花高於市價兩倍買你的米，可能是為你的理念。第二年還買，可能是為友情。如果第三年還買，除了理念與友情，一定是因為好吃。」

我與青松異曲同工，對「好吃」有共同的追求與自信。

青松米好吃，是硬道理。我的酒好喝，也是硬道理。

我們避之唯恐不及的東西，也大同小異。

穀東俱樂部三百個穀東，十幾年如一日。賴青松名聲在外，如果要擴大那是順理成章。其實有過很多資本主動來找他，要他擴大。擴大，就要僱人，自己就要離開土地穿西裝打領帶做管理

跑市場，「我不要不要不要這樣的生活！」生死考量之後賴青松選擇種田，只是要做自己，不要換一個地方換一種方式做回別人。

因為不同的因緣際遇，經歷各自的死裡逃生，十幾年後我也來到賴青松的村莊耕田種稻，用自己的方法，做自己。

不論是拚命養生年代初試可操作的民主，還是畫地為牢歲月打井發電自給自足，都是要做我自己。記者來採訪我的「抗爭」覺得我的鬥爭不夠堅決徹底，關起門來朝天過於我而言是革命，於學者而言則是遺憾，說這不過是中國古代文人達則兼濟天下窮則獨善其身的翻版。不論是警察叔叔的詫異，還是研究者的遺憾，統統不懂我的心。實踐民主不是禁區，關門釀酒非干怯懦，天下自天下，窮達自窮達，我要做的，只是自己。

如今在深溝請人吃吃喝喝，感慨「好吃」之餘太多人勸我量產。天哪這怎麼可能！？

要知道，扣子廚房裡的每一樣東西，都是媽媽廚房的小製作，從我的「工廠」到朋友們的嘴幾乎是零距離，再遠一點，不過是從扣子的廚房到美虹廚房。我的酒個個鮮活生猛，只要鎖死瓶口一定氣爆，包括瑤玲在冰箱裡都炸過一次，因為都是活著的、正在呼吸的真食物，我不採取任何滅菌措施，不用任何穩定劑。但是如果量產，那就不同，必須在每一個生產環節嚴格品管（實現方式是各種添加），在出廠之前嚴格滅菌（實現方式除高溫殺滅之外還是添加）……如此一來，扣子手作就會變成超市貨架上的商品，我為什麼要這樣做？

一旦量產，就要雇人要管理，賴青松二十年前已經說過，我不要不要不要這樣的生活！

　　投資設廠，就要市場競爭，就要獨家經營產權壟斷知識壁壘，我種田釀酒，本為逃離那些權力系統，怎麼可能用自己的知識專屬權力生產品質權力成為一個控制者剝奪者！世界上還有比這更可怕的事嗎？我不要不要不要這樣的生活，寧死不要。

　　我是連死都不怕的人，但怕添加劑怕到要死，連凌辱我的獄卒都不恨，但恨權力系統對自由的剝奪，不管剝奪的，是我的自由還是他人的自由。

　　我要在個人選擇四面楚歌權力系統八方圍城的現代社會，用吃吃喝喝撬動一場生活革命，與你共享我的自由。

　　風波動蕩的人生行至此地，我有過一些經歷，也有了一點年紀，釀過很多好喝的酒，還會釀更多更好的酒。但我真的不是一個釀酒師傅，姐釀的不是酒，杯杯真愛，都是自由。我愛自由，如同生命。

　　不管是在扣子廚房還是在美虹廚房，我的酒沒有最後一瓶永遠都是還有一瓶，我的分享，沒有最徹底只有更徹底，歸根結底我表達的，是我對自己、對自由和對生活的熱愛。

　　「綠螘新醅酒，紅泥小火爐，向晚天欲雪，能飲一杯無？」我要做的，就是在自己的廚房裡請客吃飯，開手作課、寫這樣的書，將我的心得公諸於眾，在此聲明不會申請任何專利，我要讓所有的人、只要有需要並且願意動手，在任何時候任何地方都可以做起來。

　　沒有任何爐火，比家更溫暖，沒有任何瓊漿，比自家手作更甘醇。親愛的讀者，問我愛你有多深，嘴巴知道我的心。你釀造的不只是美酒，是你自己的健康和家人的幸福，是美好的生活。

## 「吃喝玩做親自活著」扣子動手課之：
## 自釀水果酒一看就會

**材料準備：**

水果、水、白砂糖、容器、檸檬

（一公斤果肉需要準備 0.5 公斤白砂糖，1000 ～ 1500cc 水，

2.5 ～ 3 公升容量的容器，每升需要一粒檸檬——釀檸檬蜜酒除外）

提示：是白砂糖，而不是二砂或者黑糖。纖維質含量高的糖釀酒易發酸。

**水果酒釀造時間：**

一、初釀：發酵一般 7 ～ 10 天，初濾，將酒汁與果肉分離，阻
　　斷發酵。

二、二次發酵 2、3 周，初濾後，讓酒汁充分沉澱澄清。

三、回熟 1 至 2 個月，進入最佳賞味期。（註：時間可視個人口
　　味自行調整）

**操作步驟：**

1、洗水果切塊（切碎以利發酵，但不用小到糊化）；

2、加糖水（水果與水的比例為 6：4；或者 5：5）；

3、加酒引，封罐（不要旋緊）；

4、壓酒帽（注意不能混入雜質，嚴禁油漬，建議不開封，搖晃容
　　器，讓酒汁與水果充分混合）。

**注意事項：**

1、清洗器具、滾水消毒；

2、每 1000g 液體加入一粒檸檬汁，增加酸度；

3、預留容器 20％發酵空間；

4、發酵進行到第六天（夏季可以提前一天）開始品嘗，一嗅：
開罐後酒香濃郁；二嘗：酒味重甜味淡，就可以濾酒。

**個人推薦水果：**

紅火龍果、鳳梨、蘋果、水蜜桃、芒果、楊桃、葡萄、荔枝、杏、
櫻桃、梨、椰子（含椰汁酒與椰汁椰肉綜合酒）、柑橘類（柳丁
汁、橘肉、柚子、葡萄柚），特別建議用水果皮釀酒。不宜用來
釀酒的水果：香蕉、草莓、蓮霧、西瓜、酪梨、柿子（原因：高
澱粉質、易糊化、有異味）。

附：水果糖分參考值含糖量在 4％～ 7％之間的水果：西瓜、草莓、
香瓜、洛神等。含糖量在 8％～ 10％之間的水果：梨、檸檬、櫻
桃、哈密瓜、葡萄、桃子、鳳梨等。含糖量在 9％～ 13％之間的
水果：蘋果、杏、無花果、橙子、柚子、荔枝等。含糖量在 14％
以上的水果：葡萄、蘋果、芒果、柿子、龍眼、香蕉、楊梅、石
榴等。

**加糖計算公式：**

所需之糖重（g）＝果汁重量（g）× $\dfrac{\text{欲配之糖度} - \text{果汁之糖度}}{100 - \text{欲配之糖度}}$

## 水果酒釀造（一）以火龍果為例

1. 火龍果皮內分離——果肉，吃掉、釀酒皆宜。

2. 將火龍果皮分內外層分開——果皮分層分別釀造，有不同的滋味。

3. 加糖水——配製 25% 糖水簡便方法：先在透明瓶子裡，將白砂糖加至 1/3，再加滿水，得到 25% 糖水。

4. 裝在瓶子裡正在釀造的火龍果酒——先將果子放到約占一半位置，加糖水約至八成滿，適量補糖。火龍果糖度 10%，補糖約果子重量的 15%，釀造果皮酒時補糖約果皮重量 20%。

註：調製 25% 糖水，也可以採用秤重法，每 25 公克糖，配 75 公克水。

## 第二章　水果綜合利用篇
# 從我的廚房到你的廚房

　　有一種距離，不是你我隔著遙遠太平洋，而是我在看你，你在看手機。

　　有一種距離，不是我沒有好吃的東西，而是從扣子廚房，到美虹廚房。

　　最遠的一種距離，不是從生活到革命，而是從我的革命，到你的革命。

　　這一章如此開頭，開頭就顯得有一點怨懟之情，隱隱透露著對美虹的不滿。

　　我喜歡打開天窗說亮話，不是隱隱，而是明明，明明透露著對美虹的不滿。

　　但是這一節，我卻準備寬宏大量地，不再發洩對朱美虹和賴青松兩個人的怨懟之情，只是專注於我的冷漬果醬課程，並將與課程有關的怨懟，集中發洩在賴佩茹一個人身上。

## 不要說物理性質的改變不影響味道

同樣還是以在美虹廚房的課程為例，講過程，交代技術細節。

這一節，美虹青松給的名稱是「冷漬果醬」。他們想突出的是「冷」和「漬」，認為這都是果醬世界顛覆之舉，是革命性的。

因為跟「果醬」有仇，直欲除之而後快，無奈找不到合適的詞替代。我的說法是「水果綜合利用」，但連自己也不得不承認，這種說法繞來繞去，不知所云。

雖然哪一種都不滿意，但現在不說這個，重要的是課程本身。

想實現真正的綜合利用，是要從處理水果開始。雖然我素來大而化之，但在對待水果的問題上，細緻龜毛比安東尼有過之無不及。以鳳梨為例：不同的部位、不同的切法直接導致不同後果——味覺差異。

不要跟我說，刀功帶來的只是物理變化，物理性質的變不影響味道。

有一樣我喜歡吃的小零食：胡蘿蔔絲配冷漬果醬。寫這本書期間，吃過無數次。先在一個純白的小碟子裡鋪一層切細的胡蘿蔔絲，再在上面覆一球冷漬果醬，果醬種類視心情而定，我家冰箱裡種類實在太多往往是碰到哪個是哪個，但我保證哪一樣都好吃。最後撒一點炒香的黑芝麻或者葵花籽，具體撒的是什麼更要視心情而定，當然也有可能兩種全撒。然後款款坐下，開始品味。

必須實話實說，我的刀功有一點不穩定，水準在西施與東施之間擺蕩。而刀功，會導致味道截然不同。

　　如果今天是西施當值，吃到嘴裡是喜劇的味道，會笑，一邊笑一邊感嘆：人生啊，為什麼這麼美好！

　　如果東施出場，就有悲劇味道，會哭，一邊哭一邊感嘆：人生啊，為什麼這麼無奈！

　　更為悲摧的是，還會西施一刀東施一刀，味道成了鬧劇，讓人哭笑不得：人生啊，為什麼這麼鬼馬（廣東話，意指搞怪）！

　　各位親愛的讀者，一定要記住，物理性質的改變，與味道大有關係。如果這一回，來的是張飛會怎樣？

　　會死。你一定又會立即跪地求饒：「張飛爺爺求求你還是殺了我吧！」

　　嘿嘿，怎麼連這戲碼也都知道？我偏不按你的劇本演。

　　我會吃。一邊吃一邊對張飛說：「讓無厘頭來得更猛烈些吧！我是連死都不怕的人，還怕活得鬼馬嗎？」

　　養生，我一直就是這麼上不封頂下不保底。人生也一樣，要做自己的主人，不能總按別人的劇本演。

　　包括冷漬果醬課怎麼上，也有我自己的主意，美虹的建議可以參考，但是不能全按她的劇本演。課前在我家裡，她是明確提出過要求的，「不許出鳳梨」。但是，上這節課，沒有鳳梨怎麼行？雖然沒有鳳梨課程仍然能夠繼續，但是我會傷心，而你知道，傷心，太不養生了。

　　在美虹廚房的冷漬果醬課上，鳳梨是開場嘉賓、擔綱主演。

　　課程開始，同樣要先介紹面前的東西，跟上一節課一樣，還是盤子、蘇打餅乾和涼開水老三樣，也要請學員品酒，這一次是各種鳳梨酒。

與鳳梨相關的酒種有很多，這次出場的不僅有鳳梨肉與鳳梨皮的活菌酒，也有將鳳梨皮酒蒸餾而得的高濃度鳳梨白蘭地（其實這是一種創新酒，因為同為水果酒蒸餾之後得到的高度酒，姑且以白蘭地名之），還有將鳳梨皮與糯米同釀後的混釀活菌直飲酒，以及將之蒸餾後不知如何命名的蒸餾酒（這個，用於蒸餾的基酒已經太過創新，不知道如何命名是好）。這已經是五種酒，再加上一節課已經出現過的「金風玉露」，鳳梨一果當關，這堂品酒課可以無休無止地品下去。但是，我自己和站在身邊的助教美虹，都在提醒我，不能只顧玩得開心，要記得這是一節什麼課。於是我果斷掐斷品酒，強行進入果醬階段。

## 簡單生活　不是簡陋生活

品酒之後，推出的是三瓶果醬，深淺大致接近的黃色，但質地不同，一瓶是泥狀，一瓶粗大果肉依稀可見，一瓶明明白白就是鳳梨，是能夠清晰看出鳳梨形狀的橫切果乾，脫水程度介於糖漬蜜餞與風乾果乾之間。

我請學員分別試試直接吃與配蘇打餅乾，餅乾有淡淡鹹味，會讓口感更豐富。吃吃看之後自然是猜猜看。

就像釀酒課上品酒的作用一樣，果醬課上，果醬的猜猜看是幫助大家沉靜下來進入扣子世界的途徑。

大家在猜果醬階段猜到的水果品種豐富得令人發指，但也不能在這裡浪費筆墨，直接跳過「猜」的過程，我告訴大家：這些都是鳳梨。

「怎麼可能全都是鳳梨？」驚嘆之後一定又是一輪試吃，但我沒有讓他們重複測試，而是請美虹把此時剛剛烤好的原味吐司端出來，請大家進入對這三種果醬的第二輪品嘗。大家一邊吃，我一邊說：這三瓶鳳梨之所以會有如此不同，很大程度上，是因為在最初的釀酒階段，準備水果時，我採用了不同的刀法。

然後，我不是當堂展示刀法，而是掏出隨身攜帶的寶刀，向大家展示我的刀。一來因為那種刀法太「搞剛」，二來美虹開口：「刀法不重要，重要的是果醬課，不能讓刀法搶戲。」── 瞧瞧，我又當堂屈服了一回。

那些技術用文字說明很麻煩，但看圖示很簡單，對待鳳梨的刀法會在這一章後面附圖示。

我拿出自己的寶刀，要向大家解釋什麼是簡單生活。當年徒步環島，為了減重連牙刷柄都要剁掉一半，但我卻背了很多看來多餘的東西，大多是金屬。比如，不鏽鋼保溫杯、碗、湯匙，還有這把刀。

佩茹大叫：「幹嘛這麼複雜，這樣會重耶！」── 確實會重，但很必須，為了滿足人在旅途的簡單生活。

很多人崇尚簡單生活，但會畫錯重點，比如佩茹，她有一個美到不行的廚房，卻幾乎不用，說要「簡單生活」。天哪，完全畫錯重點，上帝給妳這麼寶貴的禮物，是讓妳用的好不好？唉，別提了，一提起她，就禁不住傷心。不過，也許佩茹提起我也覺得難過，每每好心收留，但每一回都會被我大肆攻擊：這不叫簡單生活，明明是簡陋生活好不好？簡單與簡陋，一字之差，差之千里。

　　佩茹在臉書上炫耀，辦公室附近某店一碗什錦湯餃可以搞定所有營養，我信以為真，特意前去朝聖。但在排隊的時候就知道錯了，不僅因為我從來不吃外食的餃子（餡料裡的添加劑，一想就死），還因為那碗什錦湯餃裡的「什錦」，什麼魚味蝦味蟹味五顏六色的東西根本沒有蝦兵蟹將本人，全都是大量添加的製成品。湯是複合調味料煮出來的添加劑湯，一聞胃就扭動，我跟添加劑的過節，無解。

　　我要讓佩茹見識一下，什麼叫真正的簡單生活。簡單生活是自己的事，怎麼可能交給樓下小店聽之任之？其實，一切並不遙遠，就在她家小區蔬菜攤。我從蔬菜攤走出來，佩茹一看就皺眉頭，受不了我手裡的包，更加受不了我把那個包帶去她家，讓她一塵不染的廚房物滿為患。她為了簡單生活，在家連麵都懶得煮。

　　但我到底是在她的廚房裡大煮其麵。開飯之前佩茹就說我是騙子：這碗麵裡幾乎見不到麵本人。

　　這一碗麵裡，麵，確實不是最搶眼的角色。紅的是胡蘿蔔絲，乳白是豆絲，淺黃的是豆乾，深黃的是小番茄，半透明的是芋頭絲，黑色是木耳，沉在最下面的金針菇，與麵混為一談。這樣的一碗麵，有沒有麵不重要，重要的是有營養，成分豐富配比合理，豈止「十錦」？所有營養與美味全都來自食物天然，不僅各種顏色五毒俱全，各種營養也是五彩繽紛，配比合理熱量不高。那碗「什麼都有的什錦湯餃」有什麼？搞不懂為什麼一邊天天高喊減肥，又去吃這種典型的增肥食品。若在我家，隨便去菜園抓一把綠色丟進鍋裡，不管地瓜葉還是皇宮菜生菜葉，甚至大花咸豐草的嫩葉都可以，這碗麵，就算是十全啦。

　　將麵裝碗之後，還要在上麵澆一點扣子獨家祕製煮麵調味料——有雪白（蛋白）有金黃（蛋黃）有碧綠（芫頭上的蘿蔔纓），其實就是一份蘿蔔纓炒蛋啦。但是，不要小看了它，與清水煮麵絕配。他們金風玉露一相逢，我不說了，好不好吃直接請問佩茹。

　　好吃歸好吃，佩茹堅持一邊吃一邊抗議，說我欺騙了她。

　　我的祕製調味料，作法其實簡單。買芫頭的時候，一定不要把上面的那一段綠色蘿蔔纓掰掉（如果見到別人掰掉不要，我很樂意向老闆討來）。蘿蔔纓裡有一樣寶貴的東西：芥辣油，對身體的好處倒在其次，作為一個視好吃如性命的吃貨，我看重它的好吃。

　　佩茹拒絕相信：「這個東西也能吃？」——當然，不僅能吃，而且好吃。

　　蘿蔔纓纖維粗大堅韌，直接吃當然不行。就要請出我的寶刀，一定要用細緻刀功橫切薄片，不為炫耀刀功，為了斬斷三千煩惱絲，切斷那些纖維，蘿蔔纓的「難吃」，已經克服過半。

　　另外一半任務要通過油炒完成，芥辣油藏在農廢無人識，只有遇熱才會釋出。先溫油炒蛋盛出備用，再熱鍋放蘿蔔纓片爆炒，一下兩下三下，不必炒老斷生就好，足以破壞細胞壁釋放芥辣油，然後加蛋加鹽快速出鍋。讓蘿蔔纓變得好吃這種貌似不可能的事情，就已經完成了百分百。

　　特別提示，鹽要加足。這是澆在麵上的提味靈魂。多一點鹽，才能給一大碗什錦麵提供畫龍點睛的味道。

　　我煮麵無油無鹽，所有成分都保留了食材本身的味道，本真，但稍嫌平淡。文似看山不喜平，我們的味蕾也一樣，文章平淡要

拗救，食物味道平庸，也要救，就用這份鹹鹹的蘿蔔纓炒蛋救湯麵於平淡。

味似看山不喜平，各種成分都要保留自己的個性各有各味，包括鹽。當質地味道各異的食物在嘴裡一場混戰，總有一種或者幾種亂中取勝。在此一役，芥辣油的輕微刺激、雞蛋的油滑濃香、還有偏鹹的味道，會在味蕾上爆開，是畫龍點睛的「好吃爆點」。儘管蘿蔔纓炒蛋本身偏鹹，不過放心，總鹽量保證不超標。

我畏懼佩茹的簡陋生活，她卻畏懼我的簡單生活，覺得太搞剛。話不投機，交友不慎啊。

不得不特別指出：賴佩茹是台灣環保聯盟副祕書長。拚命守護台灣環保的人，對生命居然如此不環保？

她堅持：「妳這太浪費時間。」── 肯在廚房花時間是一種生活態度，說明你有認真對待自己的生命。

不能再跑題走神，美虹已經把饅頭片烤好，對三種鳳梨冷漬果醬的對比品嘗即將進入第三階段，我必須把對佩茹的怨懟暫時擱置，將自己的思緒拉回課程。

在重回課程之前，最後強調一點，同樣的南部子弟，同樣在台北追求理想、實踐生活，同樣的文青社運青年，一個是台灣主婦聯盟的副經理，一個是台灣環保聯盟副祕書長，一個賴青松，一個賴佩茹，同樣都姓賴，為什麼差距這麼大呢？

親愛的讀者相信你已經注意到了，我提到賴青松的時候，用到的定語是「主婦聯盟的副經理」，其實精確講應該是「主婦聯盟共同購買中心副總經理」，但是為了簡單起見並易與賴佩茹對比，故此稱謂。下同。

　　賴青松的革命都走向世界了，但是啊賴佩茹同學，為什麼我的革命，卻遲遲無法走進妳的廚房？

## 保證味道不一樣

　　課程一開始，發出課程訊息的美虹感謝大家付費來上這節課：「因為很多人一看果醬就覺得沒什麼可學，早就會做。但我保證你會有驚豔的感覺，保證味道不一樣。」

　　是的，這就又回到了我的心結，我的果醬不是果醬嗚嗚嗚。

　　同樣的鳳梨冷漬果醬，配上蘇打餅乾、原味吐司與饅頭片三種基底，同樣是由濃到淡的味覺逆向流動，要將現代人被調味料添加劑帶壞的口味，用自然本真的食物再拉回來。

　　我又拿出一紅一白兩個大瓶，白色的甜酒釀，紅色的是紅麴，自然都是用我自己種的糯米，自己做的。

　　把這個推給學員，由他們自便。有的先嘗單品，我的甜酒釀已經在上次的課程中出場，與火龍果合唱妖豔佳人前世今生，少數幾位曾經上過那節課，他們已經可以兼任解說。

　　紅麴是第一次出場，處女秀。宜蘭當地的紅露酒很有名，就是紅麴酒，我自己釀過，沒什麼個性，也就不再試。但這回拿出來的紅麴不同，一般加麴種後四五天糖化達到峰值，開始進入酒化，十天到一周酒味比較明顯，這段時間開始可以用來做紅糟肉一類的紅麴料理，糯米的品質＋紅麴香氣＋酒香，很提味。兩個月以後，如果不加穩定劑的話，紅麴酒會越來越酸，因為酒又開始變成醋……不能再說，單說這個就需要一本書才夠。

總之現在我拿出來的紅麴，不僅沒有變醋，甚至沒有開始酒化。我從拌麴第三天就開始品嘗，嘗到接近合適的火候，立即送入冰箱冷凍，用低溫阻斷發酵。這個過程一般在三四天左右，我要的不是醋也不是紅露酒，還不是料理紅麴，而是直接拿來吃的紅麴抹醬。紅麴香氣獨特，留有糯米軟糯口感但又不黏，不似酒釀糖化明顯，這樣的顏色、香氣和口感，配餅乾、配吐司、配饅頭樣樣好吃，百搭。上面配的果醬也是百搭，所有冷漬果醬，配紅麴都好吃，配鹹也好，炒醬、辣炒酸菜豆和不辣的酸菜豆，樣樣都吃到停不下來。

我給大家展示自己吃紅麴的吃法。先在蘇打餅乾上抹了一層紅麴，又抹一層果醬。記得美虹在我家裡第一次吃到的時候沒有尖叫，而是嘆息一聲：「爲什麼會是這樣？！」——我也不知道爲什麼會是這樣。與紅麴初戀期間每天都把自己吃到七葷八素。紅麴作爲抹醬，營養價值跳過不談，只說口感，簡直，是神來之筆。

一樣一樣試，先用蘇打餅乾＋紅麴，再用烤原味吐司＋紅麴，最後換烤饅頭＋紅麴。注意噢，基底也是由濃到淡在變化喔⋯⋯

好了，不能再玩，雖然一直玩下去也有得玩，但不能忘記今天是果醬課。

參加過上次課程的同學問我，這次帶來的鳳梨酒與上一次是不是同一批？

完全一樣，在我家的冰箱裡，它們原本在同一個大瓶，都是課程開始之前換裝小瓶帶過來的。

「爲什麼兩次喝起來的感覺，有點不一樣？」——必須首先感謝你的敏銳。

因爲是活菌酒。沒有任何穩定劑阻斷發酵，就算是過濾之後放入冰箱，細菌濃度低了活性低了但仍然在發酵，自然會有變化。如果是商場買來的酒，同一個廠家的同一個品牌，保證十年如一日二十幾年如一日，口味完全一致。在我這裡只能說：保證味道不一樣。同一批釀造、在同一個瓶裡，不同時間品嘗，也不一樣。

由酒說到了現在大家正在主攻的幾種鳳梨冷漬果醬，就像我的酒一樣，大家現在品嘗的果醬，也是活的。十天前吃和現在吃，保證味道不一樣，再過十天，又會不同。這恰恰是手作食物的魅力。

馬上就有人問：「這個能存多長時間？」

我同時推出了三瓶紅色的酒，請大家猜猜是什麼果子釀的。課程時間是 2018 年 12 月 2 日，我提示，是用台灣的春季水果釀造的。猜酒的過程跳過直接揭曉謎底，分別是：桑葚、胭脂梅和紅肉李。

不僅有早春的酒，還有三種果醬也一併帶來。我沒有滅菌，只是用了今天課程要教的方式處理保存。至於有沒有變質，口味如何，請大家自己試。

我一邊與學員糾結保存期的問題，一邊暗自慶幸：幸虧我們是在美虹廚房關了門悄悄說，如果被上帝聽到一定會罵人類多事：給你們美好食物，是讓你們吃的，不是爲了讓你們存的。

學員中有幾位對食物加工有研究，甚至有小作坊製作的專業人士，問題很快集中到：「怎麼可能保留這麼久，不死甜，又不變質？」——因爲，這是綜合了發酵、酒漬、糖漬與低溫保存的

一種全新處理方式喔。

「這是一種革命性的綜合處理方式。」美虹說到了我對於名稱的糾結：「扣子要叫這水果綜合利用，我們怕不容易理解，但真的是一種綜合性的處理方式。」

我不糾結如何定義這些東西，而是如何定義這一場革命。

雖然不得不沿用「果醬」稱謂，但此果醬非彼果醬，「冷漬果醬」，是果醬裡的革命者。

雖然沿用了「革命」這種稱謂，但親愛的朋友請你記得，此革命非彼革命。

「這是一場革命！」它已經在你的舌尖上發生。


## 跟著本能走

水果保存處理，無外乾燥、高溫、冷凍、鹽漬、糖漬、酒漬、發酵幾種。我用到了「高溫」之外的幾種方法。

高溫高糖高添加＋無菌加工，是商品化、工業化食品加工出於運銷保存成本利潤考量的必然結果。如果我們只是在自家廚房，常溫低糖無添加照樣好吃耐存，沒必要一往情深追隨工廠的作法。

雖然我對自己用冷漬方法處理水果的風味與效果都高度自信，認定這是革命性的，但是，也必須實話實說，冷漬果醬的誕生，並不是我有意為之，而是一系列誤打誤撞的結果。

我是一個幸運吃貨，與食物對話經常唏哩糊塗做對事，冷漬果醬也一樣。

一切，都出於本能。首先，出於吃貨本能，排除高溫。

　　然後起作用的是惜物本能，誤嘗釀酒之後應被丟掉的「渣渣」，居然味道不錯，就想與人分享，又怕夜長菌多出問題，那就糖漬抑菌。加多少呢？

　　以我有限的科學知識，25％是釀酒菌喜愛的糖度，釀酒菌活躍成爲優勢菌種就會抑制其他菌也就不會霉變，所以要加糖。糖度高於30％就有抑菌作用，變成了糖漬。一開始直接加糖占酒粕體積三分之一，第二天很多水滲出來，有淡淡酒味，將水濾出，現在糖度尚高超過20％，繼續加糖總量五分之一到六分之一。還會有水出來，繼續濾水、加糖。一次比一次出水量少，一次比一次加糖少。第三次濾水後少少加一點糖，狀態相對穩定，可以入冰箱存久一點。

　　濾出來的糖水，可以加到正在回熟的酒液中，在常溫下繼續反應，酒度會略有增加，但要注意品嘗，防止變醋，特別是在台灣的盛夏。也可單獨保存用做調味或勾兌，前面的「金風玉露」就是用了鳳梨糖漬濾出的汁。火龍果糖漬中的汁，可以用來調味豆花、自製優格、糯米甜酒釀，樣樣妖豔動人，無限好吃。

　　如此冷漬，首先經歷了發酵，已有優勢菌種，濾酒後仍有殘留，有酒漬作用。再加糖漬，併入冰箱冷藏，小小一瓶冷漬果醬，其實綜合了發酵、酒漬、糖漬、冷藏多種保存方式，保有自然果香，每一款都個性鮮明，即使是同一款，在不同的「生命時期」也味道不同。

　　之所以特別強調用不同於工業化食品加工的方法，出自另外一種重要的本能，媽媽的本能。

　　前面說過了，我在貨架前面看成分列表的時候，一直恨不得

自己不識字。古埃及都是在人死之後才開始製造木乃伊，但現代人在自己還活著的時候就開始啦——勇敢到這種程度，是不是有些愚蠢？

我在農村行走多年，曾經四川雲貴偏遠山區，看到過偏鄉的媽媽拿自家土雞蛋進小賣店，給孩子換王子麵或者洋芋片。說實話，看到這個我就想動粗，想打人想罵人。當然不是打那個媽媽，她也是廣告和「流行」的受害者，而是想打製造這種現象的罪魁，但又發現無處找尋，或者比比皆是。

高檔兒童食品櫃前看到太多爲自己的孩子不惜代價的媽媽，每一個媽媽都會傾盡所能爲孩子買她們認爲最好的東西。但是，就算是最爲昂貴的進口兒童食品又怎樣？

最怕面對兒童食品櫃，把木乃伊製造程序提前至嬰兒時期，蠢到缺德。

寫到這一節我承認自己老羞成怒，因爲，兒子小的時候也曾買過類似的東西，我就是那個缺德的媽媽！親愛的讀者，你現在明白我爲什麼跟添加劑那麼勢不兩立了吧。這是私人恩怨，死結。

另外我受不了的，就是那些與食品加工業並肩作戰的所謂「科學」，拿出一串一串所謂「科學依據」言之鑿鑿證明怎樣的添加劑量無害——人不是實驗室裡的白老鼠，只要毒不死就行，而且，這些數據針對的只是單一品種，但我們被食品加工企業強制餵食的都是複合型，動輒十幾種甚至幾十種。

已經看到過一些討論，在探討人類動物實驗的倫理問題，但爲什麼沒有看到科學家討論這種用全人類大面積做實驗是不是傷天理——這也是死結。看到這個結應該明白我爲什麼在子富一出

場的時候有那麼多怨懟，不是我為自己辯解，而是，確實對這樣所謂的「科學」失望。

「那給孩子吃什麼？」──這樣的問題讓我悲從中來，好像離了制成品孩子就沒得吃、會餓死，這是現代化工商業權力系統對我們頭腦改變的又一例證。

答案很簡單：「自己做。」人類千百萬年都是被家庭廚房養大的。父母之於孩子的嘴，最重要的功用，不是買，而是做。

接下來的問題是：做什麼？怎麼做？當然不是我的冷漬果醬。小孩子不可以吃含酒精食物，為了幼小孩子的需求，我可以接受高溫，自己在家蒸煮水果做嬰兒食品，但是，絕對不會用添加劑。出於製作時間成本的考量不可能每吃一次就做一次，我會選冷凍──冰箱，是我最喜愛的工業化產品。

## 我是一個簡單生活的搞剛師傅

果醬課上不僅品嘗果醬，也品嘗其他的製成品。對美虹來說，講課最重要，對我來說，吃更重要，只有先占領嘴巴才有可能占領頭腦。這一次帶來的是我上午剛剛做好的糯米涼糕。

我一直驕傲於自己的糯米種植過程，除去人工拔草抓螺全無任何後天干預，樂於將糯米製品拿出來與人共享。這一回帶來的糯米涼糕雙色、四層，要請大家嘗一嘗共有幾種味道，都是什麼。

跳過過程，直接揭曉，最上面的紅色裝飾最容易分辨，是完整的洛神，釀酒之後冷漬而成。

第二層，白色的糯米，除了糯米本身的味道，還有什麼？

有甜，加了糖。請問有沒有吃出苦？── 有人點頭。

那麼，吃出苦在哪裡了嗎？在裡面，還是在上層？我自揭答案：在上層。加了什麼等一會再說。

第三層的紅色果醬，其實也是洛神── 一片聲音湧動，很多人說味道明明與上面的洛神不一樣。

哈哈我們前面已經說過了喔，不要說物理性質的改變不影響味道，我保證他們完完全全是一回事，因為幾個小時之前還裝在同一個大瓶子裡，加工涼糕之前，其中一部分被我丟進了果汁機打碎，抹在兩層糯米之間。

最下面一層糯米，請問，除了糯米和甜，還有什麼？

有人說有苦味，但又苦得很舒服，只是，說不清苦在哪裡、是什麼苦──感謝你的敏銳，恭喜你已經離外面的世界越來越遠！至於現在進入的到底是深溝穀倉的世界還是美虹扣子的世界，這個不重要，重要的是已經離簡單本真越來越近。

兩層糯米中的苦是不同的。最下層的苦混在糯米中間，來自於柚子綿，就是厚厚柚子皮的海綿狀部分，很堅韌，咬不動，也很苦。但它理氣化痰暖胃潤喉好處多到說也說不清楚，人都是把最好的東西給自己的孩子吃，先民就拿這個當幼兒保健品。對柑橘類皮保健功能的文字紀錄可以追溯到中國唐代，老祖宗一定想不到，當年的寶貝變垃圾，幸虧他們死得早，不然也會傷心死。不說老祖宗的傷心，只說我處理的方法，是先將柚子外皮與綿分開，柚子綿切細水煮，然後入果汁機打碎成糊狀備用。

大家吃到的這塊糯米涼糕，我提前一天開始準備。頭天晚上

洗米泡米，泡足八小時。第二天一早入果汁機打過，入電鍋蒸。水開十分鐘之後，要再加入燒開的糖水，既讓甜味均勻，也讓糯米含水足更軟糯。我會將米分做兩鍋：一份是白開水加糖，一份是打碎的柚子綿煮水加糖──這就是最下層糯米中苦味的由來。

至於上面一層糯米，苦味是浮在最上面的，來自於我通過蒸餾法提取柚子純露之後的液汁，加水稀釋十倍，抹在糯米表面。這樣「搞剛」的處理，除了把柚子皮中原本被丟棄又對人體有益的成分變得好吃，還有一個重要的作用──減糖。

都知道減糖減油減鹽的重要性。愛吃甜，又是嘴巴的正常需求。基於養心之重要，我從不一味勸人節制，但會分享一些操作方法技術細節。

味覺很容易被欺騙，請讀者與我一起回顧，我與美虹「欺騙一下他們的味覺」，關鍵就在半湯匙白砂糖。

說到了糖，必須先跑題一下下，插播一段我對糖的看法。聽我一再提到白砂糖，常見反應包括：「糖熱量太高」，「白砂糖不健康，可不可以換成二砂（黑糖蜂蜜麥芽糖等、等等）」。對前面的問題，一看就知道，說這話的人沒有玩過毅行這類極限運動，在那48小時裡要完成百公里山地穿越，當我們揮霍體力極限把生命和成績都交給命運的時候，最怕的不是心臟病高血壓摔傷骨折，而是失溫，缺乏熱量會死人！糖是人熱量來源最基本單位，脂肪也好蛋白質也罷，所有大分子美味最終都被轉換成小分子葡萄糖再送去燒。糖之於人相當於汽油之於汽車，重要性可想而知，更專業的不歸我回答要交給科學家。對後面的問題，白砂糖是不是健康，是對人而言的標準，當我釀酒的時候，不是以人為中心

而是以自然規律爲中心，要用酵母的標準思考，不是別的糖源不可以釀酒，只是以我的實驗教訓與經驗，在此時此地用眼下這種水果釀酒的時候，白砂糖是最適合的糖源。至於蜂蜜檸檬酒和二砂紅芯芭樂的釀造細節，希望有機會在下一本書裡詳解。

插播完成，再回來說如何欺騙自己的味覺，人的味覺有太多微妙的臨界點妙不可言，上次只用一點點糖就引發很多奇妙的結果。在這份糯米涼糕中，我用到的是加苦。

味似看山不喜平，前面在佩茹廚房裡煮麵，晏紫嫣紅那一碗，異峰突起靠的是鹽。這一回，跌宕起伏的，是苦，苦的出演調節了「夠甜」與「不夠甜」的臨界點。我的糯米涼糕入口甜味清晰明確，很多超愛吃甜自稱「屬螞蟻」的人也說好吃。但我用糖量真的不高，直接上桌一定被嫌不夠甜。但有了表面上那層薄薄薄薄濃縮柚子皮的苦，有了下一層淡淡淡淡稀釋柚子綿的苦，反讓味蕾明確地接受到了甜的訊息。當然，這些東西還有這樣那樣的營養成分對人體有這樣那樣的益處，要請科學家講。

我抵觸過度加工，強調要吃簡單加工的食物，把天地賜予生生變成添加物激情澎湃的工業品真的很造孽，只要交出去加工就OK，很簡單，但我寧死不做。如今大家吃到的這小小一塊涼糕，從泡米開始，我用了兩天，如果加上此前處理柚子、打皮熬煮柚子綿、蒸餾純露等等那就更加久遠，非常費時「搞剛」，但我認爲自己是簡單加工。雖然費時費力，但我沒有添加任何化學製品，只用了蒸煮和粉碎兩種手段。

記得品嘗時在我家有過這樣一個場景，美虹坐在我的沙發上哈哈大笑：「原來妳是一個『搞剛』師傅啊！」

哦呃親愛的讀者，看到這裡，估計你像美虹一樣，已經看破了我的真實面目：原來，我不是一個釀酒師傅，也不是一個果醬師傅，而是一個簡單生活的搞剛師傅啊哈哈哈哈。

## 讓搞剛有意義

在與食材對話的時候，搞剛不可怕。但我不做用巨多時間雕花塑形一類的事情，那對藝術家很重要，對吃貨沒意義，我要讓搞剛有意義。

我從來反對為搞剛而搞剛，比如這一章剛開頭提到胡蘿蔔的吃法，配炒香的黑芝麻或者葵花籽就是一種簡約吃法，而且是簡約中的極簡派。胡蘿蔔富含維他命 E，而維他命 E 是脂溶性維他命。脂溶不必旺火熱油大炒特炒，生吃胡蘿蔔邀請油脂一起入口，就是簡約版。甚至，我還試過更加簡約的版本，在四川家訪路上，手拿整條胡蘿蔔，邊走邊啃，同時把瓶子裡的黑芝麻，倒進嘴裡一些些，效果都一樣，味道也不壞。

所以，那節課我給大家的臨別贈言是：要讓搞剛有意義。

臨別贈言出場之前，我與美虹最後推出的，是一套堪稱搞剛之最的臨別贈禮：柑橘下午茶。

美虹和小幫手端出的飲品不是酒，而是兩壺熱茶，柑橘紅茶，請大家仔細品味，兩壺茶的味道不一樣喔。

同時端出的點心是柳丁布丁，都是用同來自泰雅部落的柳丁皮做外皮。都用了同樣的蛋奶液，但是，用到的外皮，分屬不同世代，分別是我嘗試過程中的第二代、第三代和第四代產品。

大家一邊吃，我一邊說這裡面的搞剛所在。

「一年好景君須記，最是橙黃橘綠時」。柑橘類有柑、橘、橙三個品種，我的學員，果農游振葷說共有七十幾個品種。他們都是天然維他命錠，渾身是寶，但除金棗之外，差不多都是「吃一半丟一半」，不僅不環保，也白白浪費了柑橘皮中的好東西。柑橘養顏護膚抑癌抗瘤，有順氣、止咳、健胃、化痰、消腫、止痛、疏肝理氣等等功效，但是請注意，柑橘是以皮入藥──當我們丟皮的時候就是丟掉了這些寶貝。

柑橘皮當然「不好吃」，但讓人無法入口的辛辣刺激成分恰恰是有益人體的寶貝，其中橙皮苷柚皮苷高溫釋出。有人為了營養忍苦吃橘皮，但子富說了，吃也白吃，那些寶貝在人體六道輪迴空走一轉，白白讓我們的嘴隊友苦苦苦一回。

中藥將橘皮又分兩層，外層橘紅，內層橘白，止咳健胃各有側重，我會先把柑橘類皮用刀分層，然後內皮外皮分別對待。橘紅加二砂糖，煮四到六小時得橘皮醬。橘白可以變身用做吐司夾餡和包餃子，動用水煮生切涼拌熱炒烘烤浸泡十八般武藝，將柑橘團團圍住，每一粒都從皮吃到芯，不僅有成就感，更重要的是，好吃！不僅好吃，還好玩……

我的柑橘詠嘆調尚未推進至抒情段落，就又被美虹攔腰斬斷：「那個不重要，重要的是抓緊時間把柑橘茶和柳丁布丁介紹一下，我們已經超過下課時間啦。」──哦天哪，如果美虹廚房沒有美虹該有多美。

我從善如流回到課堂，一邊在心裡暗暗地、暗暗地……不是暗暗抱怨美虹，而是暗暗讚美自己。開頭就已經說過，這一章要

擱置對美虹青松的怨懟，我說到做到。

兩壺柑橘紅茶的不同之處，來自於柚子皮的比例。

兩壺茶都是紅茶配柑橘類綜合外皮醬，我對柑橘類皮來者不拒都煮在裡面，但柚子皮要另案處理，精油高，苦、而且味道刺。一般柚皮用量不高於四分之一，現在呈上的兩壺，一壺在四分之一到五分之一之間，另一壺，是三分之一。我個人偏好前者，但是柚子的主人說她更喜歡後者，所以一併拿來請大家品鑑。

再說加工要點：此前看到很多加工柑橘皮的作法，都說必須泡水，有的是切碎後直接用水沖洗，有的是煮過後一再浸泡淘洗，總之要洗到不苦。不苦，也就是說，其中水溶性成分流失殆盡。我捨不得洗，又不想太過苦澀，就用長時間蒸煮轉化苦味，小火慢煮四到六小時，其實留有苦味也不壞……

美虹再次揮刀斷水：「這個和後來怎麼綜合利用包餃子是下一堂課的內容，現在我們再回到下午茶。」

OKOK 我們繼續下午茶。

將柑橘皮拿來做布丁碗，可以將柑橘皮的香氣帶入布丁。市售布丁會添加香精防腐劑，我以柑橘皮的自然香氣取而代之。

布丁製作方法：雞蛋打散，視自己的口味將糖加入牛奶，蛋：奶＝ 1：1.2 ～ 1.4。打勻過篩倒入柳丁碗。放進烤箱烤熟，不僅香氣會進到布丁裡，空氣中也瀰漫著濃濃的香氣（註：柳丁碗可以換成桔皮碗、橙皮碗、柚皮碗，烤出的布丁同樣自帶芬芳）。

請大家看自己面前的三代布丁的皮，不同在此。

第一代沒有邀請出場，因為早已淘汰不具對照價值，是先切半，將柳丁肉挖出之後，柳丁皮整體變成布丁碗，但碗不能吃，

因爲外皮中的精油太過刺激無法入口，不好吃。

第二代，先用刮皮刀將柳丁皮外皮去掉留做柑橘醬用，用內層皮做布丁碗。既有香氣，又可以吃皮，但口感不好，像嚼牛皮紙。第二代就在盤子裡，可以自己體會。

第三代，將去掉外皮的柳丁皮放入正在製作中的橘子泠漬果醬中，引領生澀堅韌的柳丁皮直接進入發酵階段，同時進行糖漬，增甜，也減輕苦味。三天之後拿出來做布丁，口感有改善，但仍略韌，也在大家盤子裡。

第四代，是將發酵時間延長至第七天，個人認爲全食口感與味道都沒有問題，敬請比對……

這樣做非常搞剛對不對？確實搞剛，小小一只柳丁布丁，從處理柳丁到今天與大家見面，七八天時間每天都有事做，很煩很搞剛。如果不是爲了課程，說實話我自己不做。我如此費時搞剛，是想再次提醒：搞剛照樣可以是簡單生活，我們要做的，是要讓搞剛有意義。

肯在生活細節中花時間是一種生活態度，肯爲食物花時間，說明我們有在認眞對待自己的生命。

我如此這般費時搞剛，要想通過這些種種，讓我在有幸與各位交匯的時間裡，展示一種可能性，實現一種連通，從扣子廚房、到美虹廚房、到你的廚房。從我的革命，到你的革命。

不管是在扣子廚房裡的課程，還是美虹廚房，對待每一位學員、每一堂課，我都如此認眞用力費時搞剛，我是想用自己的認眞投入提醒大家：不管我們是不是一個革命者，首先都應該是一個親自活著的人。

## 問我愛你有多深　食物知道我的心

這節課，照例還是有吃、有做、有帶。這一次帶的，是在我的果醬中，任選兩瓶。

除了今天到場出演的各種冷漬果醬和甜酒釀與紅麴，還有幾套柑橘套裝，每一套都有三樣寶貝：柑橘純露＋柑橘紅茶醬＋柑橘吐司醬。這幾樣本來不是為這節課程準備的，而是早就給美虹，送她做結緣品。

這事說來話長，還與佩茹有關。

我不僅受不了佩茹的簡陋生活，還受不了她的咳，煩也煩死，偏偏她又越咳越投入，直到我忍無可忍大吼「閉嘴」。但她堅持自己有咳的權利：「憑什麼妳要閉嘴就閉嘴？」

這樣咳咳咳讓人很煩很不養生好不好？── 她自然又是無限委屈：「人家都已經咳死了，妳還沒有人道主義同情心。」

我有一樣寶物，要不要試一試？── 我左手遞上一只小瓶：「這是我親手蒸餾的柑橘純露，無色有味，兌水五至十倍，隨意飲用，時間不拘。」

佩茹本著她一直以來對我的批判精神，將信將疑接過去：「需要冰嗎？」我知道這位同學視冰箱整潔為生命，一直對我企圖攻占冰箱的努力嚴防死守，所以立即堅定明確地說：「不需要。」

「但是這一個，最好冰一冰。」我右手又遞上一瓶：「這是我的親手做成的柑橘吐司醬，可以抹吐司配餅乾搭饅頭，早午晚餐皆宜，雖然我自己更多用於早餐。」

這回佩茹沒有接，而是直接進入對我的審訊：「妳不會，還有一瓶吧？」——把我當什麼人了？妳不是周星馳電影裡挽救世界和平的功夫少年，我也不是隨身攜帶無數武功祕笈的江湖騙子，只不過不想讓妳這樣咳個不停，但是、但是，我真的還有一瓶：「這是我親手製作的柑橘紅茶醬。我保證，不會占用妳的冰箱，只需放在辦公室裡，沖茶倒水挖上一匙。這不是藥物而是食物，但有止咳平喘的作用，也許……」

二十年前，主婦聯盟的副經理向死而生，從此改變人生軌跡成就了一場革命（不用說，各位親愛的讀者一定知道，我說的是賴青松），二十年後，賴青松的革命已經惠人無數包括我，但是，同樣姓賴，人的差距為什麼那麼大？我的革命，只是想走進妳的廚房、妳的冰箱，為什麼那麼難？妳明明「都已經咳死了」，何妨死馬權當活馬醫，只要把妳的冰箱敞開小小一條縫隙……我使盡渾身解數，終於將寶物塞進了她的冰箱。

儘管寶物終於進了妳的冰箱，但我不能硬撬妳的嘴。看來，我不僅要在美虹廚房的課堂上提醒大家要放下成見打開味覺，還要提醒佩茹同學放下成見、打開冰箱，放下成見，打開嘴巴。

四五天後，收到一則感嘆：「紅茶這麼好喝！！！」——可見直到今天才第一次嘗試。我忍不住長嘆一聲：為什麼，明明是在社運同道之中，從我的革命，到妳的革命，也要這麼艱難呢？十天之後，藉農友要回台北可以搭車送達為由，小心翼翼探問吃完了未？收到回覆：「不用了。小姐我真的不咳了欸……」

阿彌陀佛上帝保佑。生命如此脆弱，不要小看了咳嗽，咳也能咳死人。同樣不要小看了柑橘，死人都能醫得活。賴佩茹同學

啊，人只有一次生命，如此珍貴，又如此脆弱，值得認真對待，必須認真對待。

受到這則消息的鼓舞，我搜刮了手中儲備，組成四套完整柑橘套裝，送到美虹廚房。因為那段時間正當秋涼風寒變天時節，許多農友正在發布咳嗽訊息。我自己認識的農友有限，送到這裡結緣好了，結緣結緣結緣重要的事情說三遍，不要錢，不是藥物是食物，不求像佩茹那樣物到病除，只求好吃潤喉也算不無小補。

本來，我以為送出去就是送出去了，但是沒有想到，美虹說只送出一套。我問接受的農友效果如何，回覆：「還沒有用。醫生說不要亂吃……」──好吧，我早說了，這是食物不是藥物。藥物當然要聽醫生的。

但是，但是，不論中醫還是西醫，不論金雞納霜橘紅丸還是撲熱息痛青黴素，很多藥物都是從食物來的呀。就連簡陋生活的城市動物如佩茹者都已經痊癒，為什麼，同樣是崇尚自然，揮別城市來此自然耕作與土地對話的人，也寧信藥物不信食物，連嘗試的機會都不給自己呢？

後來，我別有用心，為了推銷自己的結緣品在美虹結緣訊息下留言曝光佩茹案例，不料佩茹看後附上了詳盡病例，已經咳了三個多月，中醫西醫都看過，中藥西藥都吃過，試過十幾種喉片喉糖，最慘的時候只有含著喉片才能入睡，直到遇上柑橘套裝才真正閉嘴……

這讓我一則以喜，一則以憂，喜的是有人出來現身說法，憂的是，我們這樣一唱一和，怎麼看怎麼像是一對遊走江湖的搭檔，只不過，賣的不是狗皮膏藥也不是挽救世界的武功祕笈，而是治

病救人的柑橘套裝。

嗨呀，怕什麼來什麼，佩茹偏偏建議：「不如以後妳就開店量產，我做妳的台北代理……」我跟工業化生產商品化流通有仇知不知道？才不要什麼征服消費者占領市場，只是要征服妳的味蕾占領妳家廚房。

交友不慎哪！真的有理由懷疑，這位同學是藥品企業派來的臥底，專門挖坑害我。

甚至，我還鄭重思考了三秒鐘，要不要去找一位通靈大師，探問一下賴佩茹同學前世與我有何過節。隨即決定不必，不管前生恩怨我害她多還是她害我多，都不必追問細節自尋煩惱。我顧不上糾結自己的個人恩怨生命感受，而是忍不住為台灣社運擔憂：同樣是賴姓社運青年，同樣二十幾年前來到台北，投身理想，實踐生活……這回不再追問個人差距為什麼這麼大，而是：某些社運人的頭腦觀念，怎麼還是一種工業革命邏輯？

不怨懟了，還是回來說我們的果醬。

儘管我迂迴曲折做了那麼多推銷，直到一個月後的這節果醬課，美虹小聲提醒我，冰箱裡還有三套柑橘套裝，要不要趁機一起處理？聽她鬼鬼祟祟的口氣，好像在做什麼見不得人的事，嗚嗚嗚……

好了好了不怨懟，我說服自己，就當時機不到吧。

感恩同學感嘆同學，感恩時機感嘆眼光，我的柑橘套裝，終於被全數認領回家，都送出去啦。

本來以為，課程結束，東西送出，就沒事啦。不料又收到佩茹訊息：「農友帶來的純露為什麼這麼大瓶！我去商場看了，100cc

就要五百多塊，妳那一瓶有沒有一升？很貴的耶！」

　　我沒情緒用友情無價一類鬼話應付她，而是很認真地思考了三秒鐘，試圖分辨：這位同學，到底是食品企業臥底人員？還是藥品企業派來的？或者，乾脆就是個雙重臥底雙面諜？

　　這種無聊問題不想也罷，而是真的在替台灣社運擔憂：像這樣滿腦子生產思維價格邏輯，談何生活革命？

　　革命，首先是革命者自身的革命、是在革命者之間傳遞革命。問我愛你有多深，食物知道我的心。從我的革命，到你的革命，到底還隔了什麼樣的千山萬水？


附：並非多餘的感慨

　　在這本書修改階段，有朋自台北來，也是佩茹的朋友，幫忙給她帶去大瓶柑橘醬。

　　在她被柑橘醬「起死回生」之後，我曾經帶著全部原材料（柑橘皮與二砂糖）送教上門。她以「太麻煩」為由拒絕學習，我軟硬兼施全都無效——嗚嗚嗚，簡單生活怎麼總是會敗給簡陋生活？

　　萬般無奈我只好不顧佩茹反對在她一塵不染的廚房裡自己動手，事先保證一定認真清理確保毀屍滅跡，製成品裝瓶並蜂蜜浸漬，告訴她這寶物有益呼吸道健康滋陰潤肺有病治病無病強身，不是藥物是食物，正餐零食但吃無妨。兩個多月過去，估計她早吃完了。沒有想到佩茹說「上次的還沒有開動」。

　　悲莫悲兮吃不到樂莫樂兮有得吃，我一向狗窩裡留不住肉包子，對好吃的從來都是拚命吃。好佩服這種匪夷所思的人，硬是能把喜歡的東西也紋絲不動留下來。

佩茹的理由更加匪夷所思：「要留著。等到咳嗽了再吃。」

我佩服到五體投地：硬是能把健康放在冰箱裡等發病——簡陋生活居然能蠢到這種境界啊。

我早說過這是食物不是藥物，喝柑橘茶吃簡單食物過健康生活不只是簡單生活那麼簡單，吃喝拉撒也不只是簡單輪迴，而是生命個體與天道循環之間的關係，人完全可以吃得健康活得健康與天地自然健康互動，但是這種關係卻被現代生活方式扭曲、切斷了。

悲莫悲兮不是沒得吃也不是吃不到，而是把健康雪藏起來等生病，活脫脫是現代生活的隱喻——這不是某一個特定的笨蛋、某個人簡陋生活的悲哀，是現代生活的悲哀。

## 水果綜合利用一看就會

原料：釀酒過濾後取出的水果＋糖，糖以白砂糖爲主。

第一步：將水果用來釀造水果酒（方法如上一章）。

第二步：

1、濾酒：酒汁與釀酒果肉分離。

2、將果肉進行糖漬，成片的水果如鳳梨楊桃，兩面都抹糖，放入容器，常溫靜置。容易糊化如火龍果，裝入容器，拌糖，總糖量約爲果肉重量五分之一，糖度接近25％，水果在被糖漬脫水的同時，仍處在發酵狀態。

3、24小時後，將滲出的水分濾出，重複加糖，糖量減半；

4、24小時後，再將水分濾出，重複加糖，糖量減半；

5、第三次濾出水分之後，第四次糖漬，入冰箱冷藏。

**幾則相關提示：**

一、釀酒前的注意事項：如果準備採全食物利用的方式自釀水果
酒，在最初處理水果進入釀造時，就要考慮後期處理，注意切水
果的刀法。比如，蘋果、梨子、桃子一類水果，將果皮與果肉分
開釀造，不僅可以得到不同的酒，還有利於釀造之後進行冷漬果
醬處理。蘋果、梨子、鳳梨、楊桃等水果，在冷漬流程完成後還
可以曬成果乾，前期處理就要切片而不是切塊。

二、就像釀造水果酒一樣，用冷漬方式處理水果的原理也非常簡
單，視個人特質與個性習慣可以有無數種發揮，再次提示不要忽
視物理性狀的改變對於口感和味覺的影響，視需要調整水分和打
泥糊化，可以達成不同效果。

三、活菌、低溫製品，不建議加熱食用。

## 附贈彩蛋：酒引的製作與保存

　　酒引的作用，是在一個相對封閉的環境裡引入優勢菌種，濾
酒後的果肉和酒汁，都可以用做下一次釀酒的酒引，一般採用酒
汁和果肉之外的沉澱物做酒引。這種沉澱物是糊化在酒汁中的果
肉成分，而不是沉在瓶底的泛白單寧質。濾酒後一到兩周沉澱過
程完成，就可以繼續當成酒引使用了。如果短時間不用，則需要
「養酒引」，每隔 5 天至一周，加入一小匙白砂糖。四周前後，
加入一點水果。

## 水果綜合處理　以鳳梨為例

1.2. 皮肉分離──分離出來的鳳梨皮越完整，刮取連在皮上的肉越容易，宜用尖頭刀具。

3. 用湯匙刮取鳳梨皮上的肉──用湯匙刮出的肉，釀酒後直接變成泥狀鳳梨醬。

4. 肉柱切開──將外緣質地鬆軟的肉與靠近鳳梨芯的肉分別釀造，過濾後製作冷漬果醬及果脯比較省工。

5. 芯──圓柱狀鳳梨肉橫切，成 5mm 左右均勻片狀備用，厚一點薄一點都可以用，西施刀法東施刀法都不影響釀酒，釀酒過後的效果不同請見正文。

6. 過濾後的鳳梨肉蘸糖──過濾後的鳳梨肉兩面蘸糖後常溫放置（炎熱季節入冰箱），24 小時後濾出液體，再次蘸糖。

註：鳳梨果肉日曬或者入烘碗機脫水後可以製成果乾。冷漬果脯有酒精兒童不宜，乾燥脫水製成鳳梨乾，無酒精，大人小孩通吃。

第三章　柑橘篇

# 讓每一粒柚子都不枉此生

## 你必須要按照他們的認知

前面我信守諾言，沒有一句對美虹的怨懟。現在，終於可以解禁啦。

我們曾經圍繞著「冷漬果醬」之說大犯爭執。這名稱，一聽就傷心，唉，果醬就果醬吧，不管怎麼說，內容是我自己的，叫什麼是別人的事，做什麼是我的事，我把準備做足，讓食物自己說話。

不僅準備食物，也準備教材教案，把給學員的講義、給自己的課程流程，給美虹的合作步驟，分別理清楚，發給她。埋頭廚房，專心做自己的事情。

月黑風高之夜，我正在忙東忙西，美虹不期而至。

來得正好，正好嘗嘗剛剛濾出來的奇異果酒，也是阿寶的奇異果。以前上課喝的，是未成熟的青澀果，這次是熟成果，不僅熟成，而且過熟。

過熟，美虹是知道的，因為阿寶的果子先發貨到美虹廚房。

當時美虹就說果子可能有點過熟，液汁已經滲出，浸濕了紙箱。一些果子在紙箱裡就已經變成了果漿，還有皮肉分離和即將分離的，一半過熟。就算我是一個蔬菜水果不限量型選手，也不可能吃完，而且，有一些真的已經不能吃了。親愛讀者也許你已經想到，又被我釀成了酒。是的，仍然是果肉一甕果皮一甕。

難得這樣的機會，對照一下有何異同。來得正好，正好來當小白鼠，先對比測試各種酒，再試各種果醬。

美虹已經習慣了被當實驗品，見怪不怪，也不擔心被我害到，上什麼，就吃什麼。

我說兩瓶果醬，一瓶來自奇異果肉，另外一瓶……「別說，讓我猜猜看」。

美虹挖出一點點，細細品味：「果皮也能出這麼好吃的果醬。可見我們平時錯過了多少美好。」

這小小一瓶果醬，真真得來不易。濾酒之後，每一片果皮都被我小心仔細用湯匙刮過一遍，集起來，再過濾控水，加糖冷漬。不要小看了這一瓶，世上絕無僅有，踏破鐵鞋無覓處，得來全都是功夫啊。

但是，這樣搞剛，是值得的。不僅敬天惜物，還好吃。為這樣的事情費功夫，我願意。

「這麼好吃！」美虹一邊吃一邊感嘆：「妳知道我是不吃果醬的，死甜死甜。」── 當然，我也不吃，沒人喜歡死甜死甜的水果屍體木乃伊。

「但妳的果醬不同。不僅有果子本身的味道，還有很多奇妙的層次，總之，越吃越想吃。」美虹前面的感慨大同小異，但最

後都會通往同一句話：「扣子，這個妳一定要開課。」

慢慢來，我們先開品嘗課。吃過了單品果醬，再試配方吃法。第一步是蘇打餅乾。美虹接下我遞上的餅乾，先掰開，只拿一半抹一種果醬，再拿另一半，去試另外一種。她已經是我的金牌小白鼠，知道應對無窮無盡的實驗，必須給自己的胃留有餘地。

試過蘇打餅乾，我又端出剛剛烤好的原味吐司，取出吐司的同時，又把饅頭片烤上。

配外焦裡軟的吐司，同樣的果醬，吃起來又是不同的感覺。美虹就像以前一樣，一邊吃，一邊感慨。換到烤饅頭片出場，我料定美虹會尖叫。從蘇打餅乾到原味吐司，再到饅頭片，也是一個逆向流動的過程，我用的材料越來越便宜，添加越來越低，口味越來越單純，但是，越來越好吃

不出所料，美虹一吃就開始尖叫。意料不到的是，門簾一抖，青松來了。

我繼續翻冰箱，美虹是我的金牌助教，對所有的流程與講解都游刃有餘，各種自由發揮收放自如。

這廂準備停當，那裡青松的嘗試與感慨剛好完成，我拿出甜酒釀和紅麴。對紅麴的吃法和吃法引出的看法，上一章已經寫到，在此跳過。他們試到差不多，我又抱出三瓶不同的鳳梨，這時候被青松制止：「停！」

他問美虹：「你跟扣子姐說了嗎？」美虹搖搖頭──夫妻二人月黑風高之夜不速而至，果然來者不善。雖然不知道他們到底要說什麼，但我想不外乎還是「這不許」與「那不許」。

果然如此。

賴青松裝作很有原則的樣子，品嘗歸品嘗，好評歸好評，不許歸不許：「一定受人歡迎，但是不許出鳳梨。他們會暈。」

為什麼？為什麼你們可以吃，別人不能？「這樣處理水果，是革命性的，是顛覆之舉。」

「是，我們都知道。」賴青松一邊吃，一邊大搖其頭：「但是他們不懂，他們會暈。」

「很多人以為，果醬誰都會煮，不用花錢來學。」美虹一邊吃，一邊隨聲附和：「太過創新，完全顛覆認知，很難說清楚，這樣吃，他們一定會暈。」—— 我的果醬恰恰不是煮出來的。不僅保有水果本身的營養成分，還在加工過程中轉化了很多人體不易吸收的營養物質。更重要的是，好吃……

「必須按他們的認知思考，發出的訊息才有可能被接收。一節課只給一點點、只講一件事，他們可以跟上妳的步伐慢慢學起來。妳創太新，別人接受就有麻煩，創新太多，就更麻煩。妳的創新已經是一個系統，太多好東西一下擺出來，他們完全暈掉就白白浪費。」

我試圖說服他們：「因為不容易說清楚，才要吃。因為太過創新，才更需要試。」

他們堅持不能試太多，美虹挖空心思做比喻：「就像拿博士班教材去教幼稚園的小朋友，怎麼受得了？」—— 幼稚園什麼不好？我一直覺得幼稚如孩童是人生境界，所謂赤子之心。擊壤而歌老爺爺和因紐特老爺爺，都是這樣的人……

他們一指面前，東西有十幾種，混合搭配，口味不計其數。「還有酒釀跟紅麴，根本就是另一個系列課程，放到一起，會被

妳害死、人會爆炸知道嗎？」── 交友不慎啊，好心好意請吃好料，卻說我要害死他們。

青松又問我從美虹進門已經多久？估計差不多一個小時了吧 ── 這麼長時間還在吃，而且還沒有吃完，我們對妳已經有那麼多瞭解尚且如此，換了別人，一定會吃到茫茫，又是什麼也沒記住……

「妳必須要按他們的認知。」是他們那天翻來覆去說了無數的話。總而言之，言而總之，過程就不說了，他們先是一唱一和好言相勸，後來態度漸漸強硬明確要求，看那架式，如果我再不屈服，一定大打出手一通男女混合雙打。算了吧，好女不吃眼前虧，我姑且答應。

## 從我的革命　到你的革命　是最艱難的行程

寫下這個標題，並不是對美虹的怨懟，應該是我們共同的感慨。

就像自信能夠擺平所有的味蕾一樣，自信我的革命的價值。

但是，我也知道，從我的革命到你的革命何其艱難，哪怕僅只是從扣子廚房到美虹廚房一公里，很多革命者終其一生，未必走通。

不只我是革命者，美虹青松也是，而且，是先行者。

能夠作為革命者活下來，已屬不易，我理解賴青松為什麼一再說：「只要能這樣活著，就是一切。」

我知道青松活下來，不只是自己活著，因為他還要「種人」，

要從我的革命，到你的革命。

相信美虹青松能夠懂得，從我的革命，到你的革命，是這個世界上最為遙遠的距離。

知道他們對我的好意與幫助，某種程度上，開課這種溝通方式，也得益於他們的推動。但回頭想想，他們對我最大的幫助，還不是幫忙我進入村莊，而是，給我「踩刹車」。

我做事一向拚命。人們形容做事投入，是「100％努力」，什麼事落到我這裡，都不用擔心不夠努力，而是用力太過。我用力不是「100％」而是「250％」，很多人都說「二百五」是為我量身打造的一個詞──用這種態度做事情沒問題，跟人交流就會出麻煩。

美虹青松一方面要接受我的轟炸，另一方面還要給我踩刹車，用他們積累的對受眾的瞭解，在我的期待和現實可能性之間做調和。

與他們的交流，讓我看到，人如何在自己的願望與現實之間折衷，活得得心應手，或者說立足現實，找到一種能夠讓自己活得得心應手的方式，接近理想。

這對我是很重要的教育，關起門，我盡可以為所欲為，用任何方式、任何節奏，扣子廚房裡所有的革命都是我自己的事。必須謙虛地承認，我有與食物對話的天賦。美虹青松每次過來都會遇到新東西，包括有時僅僅是飯後散步路過，都會被我抓住當成小白鼠強行測試。美虹進門總是會問：「扣子妳的冰箱裡都藏了些什麼？」吃過之後總是感嘆：「扣子妳一定要開課。」

我願意開課。願意讓我的革命，成為你的革命、更多人的革

命、所有人的革命。

　　革命，首先是革命者的革命。但最終要成為所有人的革命。我們都知道，這條路何其艱難、何其漫長。

　　賴青松離開台北脫下西裝下田，是革命，但只是他自己的革命；賴青松「種人」有成，引來一百多位新農駐足，方寸之地，革命者比比皆是，價值意義不必多言，但仍然只是「更多革命者的革命」。我們共同關心的，是如何才能達致「所有人的革命」。

## 我是誰？我要做什麼？

　　獲益於前輩農夫的開拓，我有幸進入。但我並不是個廚房裡的魔法師，不想只在自己廚房裡 HAPPY。

　　那麼，我是誰？我要做什麼？

　　首先是要做自己。因為添加劑不耐受，要吃自然的食物。出於天性，愛過自然的生活，愛吃自然的食物。

　　我還是一個母親，受不了每一個孩子身邊，添加劑無所不在的包圍。一開始，我聚焦「果醬」，因為大量添加的果醬類製品，最大用戶群體是孩子，從嬰兒開始。

　　除了含有酒精成分的水果冷漬果醬，我還嘗試大量的無酒精醬料，包括將「已經咳死」的賴佩茹同學救轉回來的柑橘套裝，是完全不含酒精的。紅麴抹醬和甜酒釀因為在酒化反應開始之前就進冰箱冷凍，也不含酒精，這兩種東西酒化之後還可加熱單吃或用於料理，當然會損失活菌，但也揮發酒精，除了提味，至少支鏈澱粉糖化之後易於消化吸收。那些冷漬果醬雖然有酒精成分，

但是，只要烈日暴曬或者入果乾機、烘碗機乾燥變成鳳梨乾楊桃乾蘋果乾，酒精汽化溫度遠低於水，酒精會先於水分消失，全都可以給孩子吃。因為很容易在自家廚房製作，不含任何添加，是比市售產品更安全的兒童食品。不僅有這些甜品，還有炒製醬料，不僅沒有添加，還可以為孩子的食物構成中添加活菌成分……這些東西說不完，一本兩本書寫不完。總而言之言而總之，當我將這種革命之舉付諸推廣的時候，我最初對自己的定位是：媽媽。

我所推動的，是廚房革命，是讓食物主權從超市貨架回到「媽媽的廚房」，從外食外賣回歸家庭廚房。不要跟我說這不可能，人類幾百萬年都是被媽媽廚房養大的，越來越多的「富貴病」和孩子們「與生俱來」的問題已是「現代生活通病」，無法依靠現代化科技的發展治療，無法通過商業化工業化改變，恰恰是這一切帶來了這些問題，解鈴無法依靠繫鈴人，想從這樣的怪圈裡解套，只有自己動手。

當然，我知道，現代人不可能回到從前。工業化商業化食品加工占領餐桌非常非常重要的原因是它的方便快捷，而凡事親力親為太過搞剛，太花時間。但是一個熟練加工者在自家廚房裡完成一份，和同時做十份，費時差異不大。所以，我在一開始從事推廣的時候，一直都在推動自己的學員之間的互動關係，期待能夠由共學群體發展到「共做群體」。

我要找的，是關心自己與家人健康，願意、或者說有可能自己動手下廚的人。我要先用「好吃」征服他們，用科學原理說服他們，用簡單易學的操作方式推動他們動手實踐。每個人每周只在自己家的廚房裡做一樣，不會增加太大負擔，如果有七位十位

一起做，就可以有多種食物可供交流。這樣，就可以實現由「個體」到「社區」或者「社群」到「社會」的改變，自下而上，組織社會，與我以一貫之的社會期待完全一致。

我以為，既找到了自己，又找到了方向，還找到了作法。剩下的，就是拚命做。這個我最擅長。我家開過很多小班，其中一組持續進行到第六節，已經是一個共學群體，大家開始有自己的分享與交流。

但是後來，有兩個人的觸動，讓事情發生了變化。

第一個，是徐子富。

子富來我家，照例驚為天人，但蘿蔔白菜各有所愛，驚嘆的方向不同。他聚焦的是「農業廢棄物」。對我來說，無論是奇異果皮鳳梨皮蘋果皮四面埋伏還是洛神種籽柑橘身家性命十八般武藝，不管釀酒還是釀酒之後的各種後續處理或者其他各種魔術，都無窮好玩有趣。一半出於惜物吃貨的本能大展天份，一半出於好玩。釀造製作是我廚房裡樂此不疲的遊戲，看人驚異不已的反應，同樣也是，養生養心兩相宜。

科學家驚嘆之後是沉默，沉默之後是喃喃：「這是一場革命。」

我早就知道，對自己的革命性一直自信滿滿。

但是我不知道，此處革命之所指，與我焦點不同：「這是一場革命！可以帶出一場產業革命。我們一年要丟掉多少這樣的廢棄物啊。以台灣水果產業的比重，這是一場農業革命。家戶果皮廢棄已經是環境公害，再加上颱風落果、格外品、疏果等等產業問題不勝枚舉，但到了妳這裡全都可以一釀了之，轉化公害，提

取營養物，最重要的，是好吃！」一說到好吃，科學家嘮嘮叨叨疑似美虹分身：「扣子，你一定要開課。」

產業結構視角，是我沒有的。這種家庭廚房裡的小遊戲，連通著產業結構、糧食安全大議題。我為什麼沒有想到？

觸動我改變的第二個人，是馮小非。

「幸好，我們台灣只有這麼一點點，孟山都看不上。」沒有想到，我們終於手拿小酒聚在一起，小非開口第一句，居然是這個。

我和小非，一直都沒有機會坐下聊。她不僅是台灣農業傳媒「上下游」的創辦人，我知道在那永遠追著議題或被議題追著跑的行色匆匆之下，有怎樣文青小女子被覆蓋的詩情畫意。我知道她是什麼人，在做什麼，她知道我是什麼人，在做什麼。都知道會有得聊，如果再端一杯詩情畫意的小酒，就更好。

我在宜蘭種田釀酒，深溝也是她常來的地方。那一次小非來，美虹廚房的韓國農業專題，有我詩情畫意的小酒，但小非心不在焉，一直埋頭電腦應付手頭的事。剛剛爆出農委會主委林聰賢辭職，這是台灣的農業部長。彼時選舉剛過一片哀鴻，這自然是台灣農業的大問題，又不單是農業問題，很有可能只是冰山一角，牽動著內閣總辭甚至更大的波瀾。

後來又一次，我的酒詩情畫意依舊，小非同樣心不在焉埋頭電腦，剛剛金門檢出非洲豬瘟……天哪，到底給不給詩情畫意的文青，一點詩情畫意的機會？

等到小非終於端上我的小酒，沒有想到開口居然是孟山都：天哪天哪，這個鬼馬的世界，到底還讓不讓詩情畫意的文青，聊

點詩情畫意的話題？

　　確實，孟山都劍指之處，一片焦土。但孟山都看不上又能好到哪裡去？且不論那天聚會的議題是《2014 以前，台港之於中國的作用，2014 以後，中國之於台港的作用》，隔壁小賣店那些激情澎湃的添加物，不是孟山都，勝似孟山都。現代化全球化劍指之處焉有完卵？

　　世界啊，就是如此鬼馬，從來不給詩情畫意以詩情畫意的機會。

　　但是畢竟不能如此束手就擒。不僅因為不甘虛擲生命浪費上帝的禮物，還因為我們有孩子、孩子要有未來，不能讓未來一片焦土不論是孟山都還是添加物。

　　那麼，在這個如此鬼馬的世界裡，我是誰？我要做什麼？

　　難得手端小酒，說這些太沉重，能不能詩情畫意一點？不說煞風景的孟山都，我且與農友快樂騎行，東海岸玩耍去也。

## 你往哪裡走？

　　丟下煩惱就走，和農友們一起，騎行東海岸。

　　對我而言，台灣的東海岸不是美麗風景，而是幸福。徒步單車汽車火車怎麼走都百走不厭。

　　本來，以我的想像力，很難想像還有比幸福更幸福的，但是，這一回，不僅有旅伴、有嚮導，而且、而且，還有保姆車。各種美好與感嘆一律跳過。

我們先坐火車到新城，再騎行南下。在宜蘭一上火車，迎面車廂一則公告。主題詞是兩行，用了紅字，鑲嵌示意圖，有一定程度的設計感。第一條：「私菸入手，健康出走。」一看嚇一跳，隨即慶幸：「幸好，我不抽菸，不管公菸私菸。」

接著是第二條：「私酒入口，生命失守。」── 這就慶幸不起來了。生命失守，可不是開玩笑的，看看一眾同行夥伴全都喝過我的「私酒」，已經害死了多少人啊？而且這一路，還會繼續害死多少？

這麼說似乎不對吧？金聖歎喝了一輩子的，也是私釀，但他明明是被文字獄害死的。

再下面第三行，是這則公告的視覺次主題：「拒絕購買，鼓勵檢舉。」嘿嘿，這才是真正的主題哈。

結果出來了，毫無疑問出自菸酒專賣局，國家機器權力系統。

字體稍小一些，註明私菸私酒檢舉獎金每案最高新台幣 480 萬元，還有檢舉專線電話。480 萬不是小數字，必須承認對我很有吸引力，諸多對部落私釀的舉報者都是有牌照的酒廠酒商，向國家權力付費購買專營專制許可的資本權力，為付費購買的獨占權力「維權」。就是這樣，「權」與「利」彼此輸送，共同形成權力系統，圍剿個人權利 ── 作為消費者的食物主權和選擇權、作為生產者的食物主權和製造權。

家庭廚房私釀不僅是小酌怡情的享受，也是食物主權和個人選擇自由，問題出在現代國家菸酒專賣。遠的不說，只說台灣消費者保護史上的重大事件，上世紀八〇年代初，消費者文教基金會典型案例，留美博士因劣酒失明，攪動台灣社會，害人的不是

自家私釀，恰恰是有酒牌有執照的無良廠商和通路。為什麼公告裡劍之所指，全都是「私」？

最下面是「吸菸有害健康」和「未滿十八歲禁止吸菸、飲酒」。單看沒有問題，每一條都中規中矩有科學依據，但當這些東西出現在同一個圖畫、當它們一起出現在車廂這樣的公共場所，受眾是每一個乘客，每一個人，不管你是不是特別留意，有意無意之中就是對人的馴化與洗腦。權力系統各成體系，但又一體相連，彼此成就共同協力，不僅毫不掩飾這種根本一致，而且傾系統之力用專業手法營造一種感覺：「這樣是對你好、對你的健康負責」。既有威脅、用「生命失守」以死相脅，又有利誘、誘惑高達 480 萬；既有毫不掩飾的權力勾連，又時時處處突出「健康」；既有國家機器法律硬件，又有科學依據知識軟體……這是這個時代無處不在的《1984》，活在這樣的系統裡，會不知不覺被權力系統同化：你應該這樣、你只有這樣、你必須這樣。

這哪裡是一節車廂、一則公告，活脫脫就是這個世界的象徵：國家權力、資本權力、知識權力與個人自覺個人選擇個人自由之間的關係，權力系統無處不在私權利無處可逃。看上去我們奔薪水求升遷為購車圖置地各種勾心鬥角，畢生忙碌不堪活得一包帶勁，但歸根結底都一樣，從身體到精神，都是權力系統的跑馬場……

哎呀不能再想了，明明是要出去玩，怎麼還擺不脫這些傷心傷腦的糾結？不許說這個，不說！

直接說我們在花蓮壽豐探訪友善種植的農友。農友背景和探訪內容也跳過，只說，在她們的園子裡，見到大片廢棄洛神，已經過熟，農友讓我們儘管採。

　　我用大號塑膠袋，採了滿滿一袋，綁在我的自行車後座上，安東尼用中號塑膠袋，採了滿滿兩袋，他的車後兩個筐，正好左一袋，右一袋。

　　採下的洛神不可以久存，我們一路走一路買容器。安東尼買了兩個中號廣口桶，跟煒仁學做蜜餞，現炒現賣做了冰糖和冰糖檸檬兩種口味。我買了一個大號廣口桶，釀了一大桶酒（不要問我是不是隨身攜帶酒引這種問題）。桶上有一個蓋子，綁在後座一路呼嘯從花蓮到台東，農友說，看起來像個火箭推進器。

　　本來，酒徒無酒不歡，只要有機會釀酒我就高興，但是那次，儘管有火箭推進器助力，情緒卻提不起來。

　　因為這一路看到了太多廢棄的洛神，也因為，想到了那一袋「心酸洛神」，子富第一次帶的伴手禮。他說，名為「心酸洛神」不是因為洛神酸，而是種植的主人心裡酸，種了六分田洛神賣不掉，怎麼能不心酸。

　　「能不能拿來釀酒？」我們異口同聲——我是出於酒徒吃貨的本能，他則出於產業結構，告訴我今年東部洛神盛產大量積壓，便宜到抵不過採摘處理的人工，只能丟掉任由爛在田裡。

　　那袋心酸洛神，當天就被我釀成了酒，後來事實證明，回水之後釀酒不影響風味。只是肉質太過堅韌，不好吃。但是沒有關係，安東尼有個很厲害的料理機，打碎成泥照樣是活菌的冷漬果醬，照樣好吃。

　　對於酒徒吃貨的實驗，科學家又做了產業解讀：「鮮洛神釀酒和釀後加工有季節性，但乾洛神釀酒和後續製作全年通吃。如此不僅可以減少廢棄，農戶還可以加工增值，全年都有現金收入，

是新增收入來源……」

　　種植者減損增收當然重要，以我一以貫之的邏輯，想的是如何拉動更多人參與，自下而上組織社會：「要以此創造公共參與。我們可以通過洛神加工技術的普及推廣，讓消費者成為食安問題和產業問題行業問題的主動因素。在洛神盛產季節，現場採摘、吐籽處理，動手釀酒，不僅能通過體驗活動增加農戶收入，也能減輕種植者勞動負擔。更重要的是，讓消費者的角色，由被動等待變成主動參與。這樣我們的革命不僅是進入了消費者廚房與餐桌，更重要的是，以此實現了『從我的革命，到更多人的革命』。我們可以首先培訓農戶，讓他們不僅僅是生產者和產品提供者，也成為革命者和革命的傳播者，撬動自下而上組織社會的契機……」

　　我和科學家總是道不同、相與謀，相約明年洛神季節提前開始進行生產者培訓。一言為定，不見不散。

　　洛神的問題明年再說，眼前是柚子的問題。

　　本來沒覺得柚子是問題，而是好玩的玩具。

　　柚子肉活菌酒、柚子外皮活菌酒、柚子皮蒸餾的柚子白蘭地、柚子隔膜活菌酒、柚子隔膜蒸餾的白蘭地、柚皮純露、柚皮與柑橘類皮綜合熬製果醬、柚子肉冷漬果醬、柚子隔膜膠質水洗釀造後的絮狀析出物冷漬果醬、含柚子皮在內的綜合柑橘類皮包的餃子注意有三種口味喔……有酒精的、無酒精的、冷飲的、熱飲的、涼吃的、熱食的，我的餐桌雖大，仍然擺不下，瑤玲輕嘆一聲：「我的柚子，算是不枉此生了。」

　　瑤玲本是城市白領上班族，後來買下一片山林成為地主，她

跟眾多深溝農友一樣也是新農，但又跟我們不樣，她是新農裡的戰鬥機。她的農場叫「到底農作」：「小路走到底就是農場，自然農法和友善耕作我們堅持到底，將農場蔬果變化成各式花樣就是到底農作。」這句話讓人羨慕到哭。深溝上百農友都是佃農，租種本地老農的土地，地主可以隨時讓我們走人（當然可能讓我們走人的又不止地主），羨慕瑤玲有自己的土地做天長地久之計。她是我社區大學蔬菜班的同學，還是我請教水果問題的老師，又是扣子廚房釀酒班的學員，是已經持續到第六節的鐵桿學員，跟我一樣都是無酒不歡的釀酒之徒，一樣酒量不濟但熱愛釀造。

她來學釀酒的時候，送我一筐柚子。知道每一粒都是寶貝，當然歡喜無限。但是我也知道友善種植的果子價格不菲，受之惶惶然。但是瑤玲不以爲意：今年台灣風調雨順，柚子豐收，我家還有幾百斤呢。這東西只賣中秋節一季，剩下的只能等爛，送給你，給它們尋一條生路。

於是，瑤玲下一次再來的時候，就有了那個撐滿了桌面的柚子博覽會，看來，我不僅需要一個更大的廚房，還需要一個更大的桌面。

瑤玲的問題就這麼解決了，很開心，很有成就感。

接著就是振葦的問題。

振葦是美虹廚房釀酒班的學員，專程從花蓮趕來上課，這個班進行到第三節，他連續參加三次，有望成爲新的鐵桿學員。但他的問題，嚇到了我。

他帶的水果也是柚子，比瑤玲還多：太多了。

不多。振葦搖頭：家裡還有更多。

沒關係，我們一起來把它們變成美酒 —— 對釀酒，我從來都信心滿滿，大誇海口。

振葦依然搖頭：還有三萬斤。

振葦來自花蓮瑞穗，台灣文旦首推麻豆與瑞穗，聽說這兩個地方的柚子不愁賣。瑞穗有機認證的柚子尚且如此，看來這是一個不亞於洛神的行業問題，我還是閉嘴吧。

閉嘴歸閉嘴，到底心有不甘，出於養心需求，騎行花東的時候，去了振葦家裡一次 —— 不對，是兩次。去程南下的時候去了一次，由台東回程北返又去一次。

第一次去，我講瑤玲的案例：只要我們能找到足夠的學員一起玩柚子博覽會，柚子的問題就不是問題。

振葦說柚子的問題已經不是問題了。柚子已經打泥，成了果園的堆肥。

瑞穗的柚子啊！三萬斤啊！！

不要以為，只要逃開了馮小非和孟山都，跑到恍若天堂的東海岸，就能擺脫那些惱人的問題。普天之下，問題無處不在，我能跑到哪裡去？

我忍不住痛惜那些柚子，但振葦此時想的不是柚子而是臍橙。因為他家果園面積廣大，柚子只是其一，眼下當務之急，是正當產季的臍橙。

他說自家臍橙果肉品質一流，外皮有獨特清香，試過煮果醬味道超棒。又說臍橙有很多格外品，個頭過大的，靠近果蒂部分水分少肉質粗口感差不宜銷售，如果量少，分送親友自己吃掉就

好了，但是⋯⋯

　　那就專攻臍橙好了。「我還會再來的。」第一次離開的時候，我對臍橙許下諾言。

　　幾天之後，我真的又一次來到振葦家，跟他一起釀了十幾種酒。素材是他園子裡的各種柑橘類水果，特別是臍橙。臍橙肉臍橙汁內皮外皮分別釀酒，最重要的幾種實驗品都分做兩份，大瓶留下小瓶帶回宜蘭，我們兵分兩路，分別過濾測試。事實證明創新成功，很有成就感。但怎樣的成就感，都掩不住關於柚子的失落。

　　「我還會再來的，」我知道這是一個諾言，說不清楚是對振葦說的，還是對那不曾謀面的三萬斤柚子說的。

　　手中大瓶小瓶的臍橙伴我回程一路醞釀，色澤香氣，無不楚楚可人，但對著臍橙，滿腦子想的還是柚子。「我要讓每一粒柚子都不枉此生。」我知道，這是一個誓言。

## 你的需求　我的選擇

　　美虹一直追著我開一節柑橘綜合課：「不許發散，就一粒水果開一堂專門的課，把一種果子講透。」

　　不要以為只出一種水果事情就會簡單。水果酒與冷漬果醬明明是兩節課的內容，分兩節講都會吃不消。她想從釀酒到果醬通吃，放在一起更麻煩，更加更加麻煩的是，這還僅止是與釀造有關的「冷加工」內容，如果加上柑橘類果醬熬煮和柑橘餃子、布丁等「熱加工」，四堂課都不夠，如果再加上水果與糧食的混合釀造⋯⋯知不知道這樣的要求很不人道？每一粒果子裡都藏著一

個宇宙，怎麼可能講得透？

　　但是，第一次來到振葦家，我就改主意了，決定一回宜蘭，就按美虹青松說的做。

　　不僅是因為那三萬斤不曾謀面的柚子，而且，因為，振葦的家，其實是父母的家，他跟父母住在一起。

　　台灣工業化也是一個農民的孩子離田進城的過程，萬人空村，農村幾乎斷代。賴青松進入村莊的時候是僅有的年輕人，十年之後依然如此，直到他著力「種人」、才有了後來的「宜蘭小田田」和「倆佰甲」，有了百餘位新農進入，我們的村莊遂為特例。

　　深溝百餘新農，少有本地農二代，多是外來人。雖然追溯家世不乏農二代，很多人家鄉有田卻選擇異地降落不回故鄉，足見農二代回故鄉之難，難於下深溝。

　　深溝新農大多半農，收入城鄉兩棲甚至更為多元，種田有多有少，賴青松五甲一直高居榜首，可以如楊文全種一甲也可以像我種兩分，甚至更少，秀明農法樸門農法獨創農法不厭其精或者不厭其粗放，管他行為藝術還是藝術行為盡可以隨心所欲玩到極致。但全部身家繫於農產的農夫不可以，特別是逆流而上的農二代。

　　游振葦是有名的農二代，使用慣行農法的父親在噴藥時中毒昏迷，是他告別台北回鄉務農的主要原因。

　　振葦和父母住在一起。我去過很多新農朋友的家，有大有小，整齊凌亂都有，儘管多是租的房子，小農自己都是空間的主人。但是振葦不同，這是他父母的家，祖祖輩輩的家。住在哪裡很重要，在這裡，他首先是父母的兒子，屬於家庭、屬於家族。要從慣行農法改有機，養園脫毒投入資金承擔風險，還要與父輩祖輩

親朋溝通耗費心力。他不能像我們新農一樣在全新的地方新天新地新生活，必須背負各種積累，還要搏市場，看天災。振葦爲自己選了一條比較難的路。

與賴青松、楊文全聊到台灣農村、農業的未來，我們這樣跳出城市選擇另類人生的小農，是革命者、先行者，在嘗試未來方向，但不能代表台灣農業的未來，未來還在農村本身，在農二代身上。

各種因緣際遇，台灣在高度發展高度現代化全球化的同時保有了小農經濟爲主的農業經濟形態。我們是游擊隊，振葦才是主力部隊。瑞穗何幸，有這麼好的年輕人，用這樣的態度對待這片土地，對待手中這一粒柚子。我好幸運，能夠遇上這樣的人。他需要友軍，需要一個釀酒師傅。

我拚命一輩子也不可能處理三萬斤柚子，但他有接近四甲果園，打掉的就是三萬斤。振葦的需求，就是我的選擇。

這麼說也不夠準確。其實，也是我自己的需求。原本我培訓都是面對媽媽、面對消費者，推動自下而上從個體到社群到社會的改變。振葦每年十幾萬斤產量，連通上萬、十萬人，是主流客戶主渠道，是數以萬計的媽媽和孩子，這不也是我自己要做的事情嗎？當我面對振葦的需求，也就是面對經由他影響他的客戶群體的可能性。我的廚房我的桌面再大，也大不過千家萬戶的餐桌，這不恰恰就是我的心願嗎？

因爲「我們台灣小」、因爲孟山都看不上、因爲保有小農經濟形態，形成台灣農業諸般天時地利，恰恰給了我們一種可能，通過爲小農服務影響改變農產品質和食物加工處理。這也與小非、

子富的需求完全一致。當我們終於聚在一起，也可以從手中詩情畫意的小酒探討撬動改變的可能，讓革命「從個人到社會」。居於改變鏈條中間的小農生產者，不只是在為自己的產品找出路，也是在為台灣的農業找出路。

不只振葦要面對三萬斤柚子，太多農人都是如此，生產盼風調雨順，銷售又怕風調雨順。這也是個產業問題，行業問題。不是只有柚子的問題，也不是只有盛產積壓的問題，還有正常生產過程中的格外品問題，種種樣樣都是行業問題、產業問題。是子富小非的需求，同樣也是我的。

不單是為這些問題心焦，我同樣關注的是：在尋找行業問題、產業問題解方的時候，我們不應只是考慮「農民」「生產者」能做什麼，也必須考慮：「消費者」「大眾」應該在一個什麼樣的位置？親愛的讀者你已經看出來了：這與我二十幾年的摸索與嘗試根本一致。

我必須是一個釀酒師傅，還是老老實實回到現實世界，回去開我的釀酒課。

美虹說，要求再開柑橘專題課的學員，就是振葦。那好，就開柑橘課，課程素材就選振葦的臍橙格外品。

這樣做當然壓力夠大，釀酒與果醬，明明是兩節課的內容，要壓縮到同一節，不得不捨棄過渡與感受，整堂都似一種「跑步」的節奏。每喝一樣每吃一樣，都要接著講原理講作法。

那天先試柑橘類酒，每一粒果子至少會變成三種酒：果肉、外皮、內皮。不同果子釀酒味道各有千秋，有趣的是，每一種都

是果皮的表現更搶眼。大家自然驚異無限，其實也很自然：果肉本來就是人人愛吃的寶貝，被丟棄的果皮更適合釀酒，可見冥冥之中已有安排，可惜被我們錯過那麼久，我們是不是錯過了更多呢？

柑橘類水果中的類黃酮有四到七成在果皮裡，還有太多寶貝，它們如何通過釀造得以轉化溶解是科學家的事，我主要負責好吃。

臍橙皮和臍橙外皮酒最受歡迎。我說到這次課程就用振葦帶來的友善臍橙動手釀酒，小小一陣歡呼。我們會將臍橙分為果肉、內皮、外皮，分別釀造，每個人都還可以帶回三瓶正在釀造的酒回家，又是一陣歡呼。

必須特別提示，柑橘類皮不僅釀酒好喝營養，做成冷漬果醬，同樣好吃有益──請注意哦，我在「好喝」「好吃」之後，用到的詞是不一樣的喔。

特別提到「有益」，並不單指柑橘類皮，其實凡果皮類大致相似。本來人們棄之不用，除了果皮中大量纖維「不好吃」，還因為「沒營養」，人類無法消化纖維質這種多醣類物質。通過釀造過程中的細菌作用，不僅可以將一部分多醣轉化為可以被消化吸收的醣類，釀酒後還可以製作冷漬果醬變好吃統統吃掉，吃下去的不是簡單減肥通便那麼簡單的效果，還有一大堆看不見的科學。果皮寡糖是腸道益生菌的食物，還有，果皮內藏有比果肉更多的維他命B群，鈣鎂鐵等礦物質等等，總之好處一大堆。吃果皮，不單轉化農業廢棄物，節能永續，對我們的身體健康，也大有助益。

然後是手把手動手做，從打皮細節，直到剝開之後，臍橙按

肉質不同的處理。這類細節隨後會有詳盡圖示一目瞭然，在此跳過。

在場多是消費者學員，我和子富用盡渾身解數要幫助他們瞭解柑橘的功用，推動消費，不管是不是買振葦的果子，都有可能推動「從個人→到社群→到社會」的鏈條——在這一點上，我與振葦，有不同的選擇。

振葦不僅帶著議題來也是帶著解方來的。幾種柑橘類酒都大獲成功，讓老果農如他父親、一向自信的大家長都折服。振葦也用那些東西作爲樣品征服了加工廠商，很興奮地告訴我：「已經找到有牌照的廠家，可以爲我做加工。」我們套路不同。每個消費者多買十只果子已屬不易，對振葦的產量來說只是萬分之一，果農不可能大量硬體投入轉做加工，他要在幾天之內爲成千上萬果子找到去處，只能如此。

從不懷疑廠家能夠完成這樣的加工，我自己也沒有技術壁壘，甚至已經基於大規模加工做過了幾種實驗，釀酒之後還可以進行不同的後續加工，隨時可以與振葦共享技術細節。

但是，廠家收下三萬斤柚子，會產出數量接近的酒和果醬，加工之後是要賣的。要經過通路，要有標準、品管，就得添加，要考慮成本、保證常溫保質期，也會滅菌添加……又走回工業化商業化老路，問題又來了。

但這還不是問題的終點，這樣的產品，不受市場認可，非我所願。我期待它一路大賣，讓所有人驚豔。於是有了一個全新酒種風行世界國際化全球化……親愛的讀者，接下來還會出現什麼問題，已經不用我再說了。

振葦兄弟，你放心，我是你的友軍。我們選擇了不同的方法，你攻廠家大部隊作戰批量消化，我攻消費者家庭廚房螞蟻雄兵，在前面的轉角處，我們還會遇到。

必須再次申明，我不反現代化全球化也不是無政府主義者，我樂於享用工業革命成果如電腦和現代國家秩序如我門前的公共交通廚房裡的水電系統，我也知道接受這些就必須接受權力系統的另一面。我當然知道，就像國家權力稅收專賣有它的理由一樣，工廠化生產全球化銷售也有它的理由，添加劑也有它的理由，各種食品衛生的標準也有，甚至可以運用他們的科學家，言之鑿鑿證明怎樣的量度對人體無害。

但問題恰恰是：人類在這條路上已經走到盡頭了，碰到了太多死結，如何應對？不是規劃討論設計框架由國家權力和資本運行付諸實施可以搞定的，工業革命以來一直這樣，現在這種方式解決不了我們自身的問題。解鈴怎麼可能依靠繫鈴人？想治療這些問題，只能回歸家庭回歸生命個體，回歸生命與土地的關係。

插播一則讓人哭笑不得的課程花絮。

課程中有酒精不耐受的學員，所以，我給大家端出自製柑橘紅茶。

效果不用多說，副作用是課程差一點轉成柑橘外皮綜合果醬熬煮諮詢課。幸好被我自己及時剎車，剎車前附送一則提醒：泡過紅茶之後，壺裡的柑橘皮也不要丟掉，可以用來包餃子將所有營養美味一網包盡。──「包餃子，怎麼可能？」

當然可能喔，現場學員耀裕，是我們宜蘭的得獎作家，吃過

我的柑橘皮餃子，請他給大家分享好不好？

　　耀裕第一次來我家，從不同的水果酒裡，品出的居然是「戀愛的味道」和「青春的味道」，不知道將要如何讚美那些讓他讚不絕口的餃子。

　　他一提起柑橘餃子就很有感覺，先是閉上眼，很抒情地搖了搖頭，又輕嘆一聲：「扣子姐的肉啊，一點都不膩，吃到嘴裡有一種清香……」打住！文青。有這麼說話的嗎？

　　哪裡像詩情畫意的文學青年分享自然生活，分明是食人族的經驗交流啊。必須聲明，他釀酒確實是跟我學的，但寫作不是。

## 我與柚子有個約定

　　看到這裡，讀者一定受不了啦：這一章的名稱明明是柚子，但妳的課程都結束了，人家振葦都開車回花蓮啦，根本連柚子的影子都沒有。騙子！

　　其實，不是我有意欺騙，是迫不得已。原因，當然還是出在美虹身上。

　　開課之前專門請美虹青松來家裡做了一次專題品嘗，這回擺滿了桌面的，全都是柑橘類製品，各種美味、各種驚豔儘管跳過不表，儘管桌上的東西一半都是柚子，但他們異口同聲說不許：「不許說柚子！」

　　為什麼？你知道柚子多麼好玩嗎？

　　那時候剛剛釀得一種新酒──柚子隔膜酒。這也是無意之中的神來之筆，捨不得被剝出來的柚子隔膜膜，釀酒試試。確實不

好喝，蒸餾得柚子白蘭地若干。過濾之後的渣渣黏黏的，於是倒水進去要洗清爽再丟。

沒有想到，洗柚子隔膜就像洗愛玉，盆裡的汁液越來越黏稠，手中的東西越來越少少到接近於無。

面對意外飛來的一大盆「半凝凍」略犯躊躇。親愛的讀者，相信你已經知道，又被我用來釀酒了。

得到的酒不用說了，清爽適口我見猶憐自然人見人愛，更加意外的是居然得到大瓶「果醬」。可以拿愛玉想像一下，釀下去的黏稠液體沒有固形物，釀造過程中居然析出了大量絮狀沉澱，變成了細膩均質的白色「果醬」，但是，在此必須擱置質地說味道，關鍵是，無比好吃！

這款酒、以及這種獨特果醬的口感品質，人人為之傾倒，也會引發產業革命，為什麼不許？

子富解讀：水果膠質最主要的成分是不易消化的長分子多醣。柚子隔膜膜同樣富含膠質，卻釀出了清爽的酒，多醣分解成了易於消化的小分子醣，還有一種學術上稱之果膠酵素的寶貝大大有益健康。叫什麼對我來說不重要，重要的是他說這可以增強人體免疫，雖然目前鮮少研究太過超前，但是不管怎麼說，我是唏哩糊塗又做對一回──這麼好的東西、這麼好的故事，為什麼不許？

而且，除了釀酒，柚子外皮鮮皮切細末爆香時加入少量，能夠讓蔬菜清香、魚肉消膩，柚子綿還可以在家常料理中百搭通用……好處無窮，種種妙用一本書都寫不完，憑什麼不許？

那天美虹是爭執終結者：「沒有那麼多為什麼？不許說柚子

就是不許！如果妳敢說柚子，我就把妳捆起來送精神病院。哈哈哈哈……」

美虹說到這裡就笑了出來，大概她正在想像夫妻二人合力將我綁赴精神病院的場景是何等好玩有趣養生養心，越笑越開心，就這麼坐在我家沙發上放聲大笑，在笑聲中結束了那天的馬拉松談判。

我要讓她再也不可能坐在我的沙發上放聲大笑──不是揮刀斷水關上大門不許她再來，而是如你所知，我已經把沙發拆掉啦哈哈哈哈，從此以後，她再也不可能坐在我的沙發上放聲大笑啦。

那天在課堂上，我不得不信守諾言對柚子不著一字。但是說實話，我不僅準備了全套的柚子品嘗套裝，還去宜蘭市場買回兩個品種的柚子備用，只要有人對柚子表示興趣我就順水推舟，從品嘗到製作全套推出。事實上美虹說的有道理，課程本來已是加量版，又加上子富大量的科學解讀，大家的興趣點根本就顧不過來。

但是，親愛的讀者，你還記得嗎？已經有過一個諾言：「我要讓每一粒柚子都不枉此生。」我從來都是一個有諾必踐的人。

## 我與生命有個約定

寫下這一節的題目，忽然想起一件重要大事，趕緊丟下電腦，起身去翻冰箱。

冰箱裡有一個月前子富送來的試管，試管裡有一公克寶貴的金大露安酵母。關於這種酵母如何寶貴如何得來不易，在此不能

跑題。只說像我這樣熱愛分享的吃貨，得到之後一定善加運用，其中一份變出了我家的一次披薩趴踢，另外兩管分送兩位熱愛烘焙的農友可謂寶劍贈英雄紅粉與佳人適得其所，還有一管，被我珍重收進冰箱妥善保存，以我熱愛分享的天性，也許，還會有一次寶劍英雄紅粉佳人的機緣。

接下來我一直在閉關寫字，這管酵母至今還在冰箱沉睡。

找出酵母立即動手，做了一個麵團。

酵母是有生命的，如果一直沉睡任其老化，就算子富不罵我也要懊悔自己暴殄天物：生命是用來用的知道嗎？

我們只有一次生命，而且，我們的生命，也受限於有效期。

從來都是一個不愛做算數的人，第一次認真思考自己生命的有效期，是在 512 地震之後。

地震是天災，校舍倒塌死傷無數是人禍，死傷孩子居然成為災區頭號「敏感問題」動輒運用警力圍追堵截則是禍上加禍。成千上萬傷殘孩子，我們是唯一專做這項服務的機構，不是別人不想做，而是因為太難做。

地震那年我 43 歲，千難萬難與一百多個受傷孩子建立聯繫，年齡最小的 3 歲。我評估自己的生命有效期，能跑能做能拚只敢保證到 60 歲，還有 17 年，這些孩子最小的也 20 歲了，已經成年——謝天謝地，夠了。

我給孩子們的承諾是駐地服務三年，我在心裡給那片土地的承諾是：到我 60 歲，保證那些受傷的孩子不會被丟棄，不被再次傷害。我在四川拚命三年，然後，機構撤離，第四年，機構註銷。第六年，我被抓了。原以為我能拚到 2025 年，但估算未來的時

候沒有想到這種「不可抗力」，我的公益生涯，終於 2014。

但是已經有了志願者自組織和小朋友自組織，這件事情已經有了自己的生命完全可持續運行，有沒有我，都不重要。孩子有愛陪伴不會被世界丟棄，他們懂得愛生活愛自己不會自我放棄，這才是世界上最好的結果。

甚至，上天垂憐，在 2013 年給了我一次機會，偶遇已經進入大學正在從事志願服務的小朋友，培訓師臨時缺席我因緣際會頂替上場。孩子們說自己的生命「受人玫瑰」，也要「送人玫瑰手有餘香」，所以要為 2013 年雅安地震的小朋友做些什麼 —— 世界上還有比這更寶貴的獎賞嗎？

結束活動我匆匆奔機場去趕航班，孩子們手執我送的梔子花說說笑笑在燦爛陽光下去吃午飯，必須承認，我在他們身後是流了淚的⋯⋯

在被抓之後的無底地獄裡、在身心崩潰生死一線的艱難歲月中，那樣的場景，是救命的糧食 —— 我的生命，已經預支了上天太多的犒賞。

回想那段在餘震滑坡泥石流中拚命的日子從不後悔，我慶幸自己在天災人禍中善用了生命。當年那一點點善意是有生命的，已經從青川走到了雅安走到了貴州甚至更遠生生不息。

酵母安靜沉澱於試管底部，僅有一公克，只要給它水和麵粉，用合適方法陪伴續養，就可以成為無窮。

我冰箱裡的酵母，加上麵粉和紫糯酒泥，變成酸種鐵鍋麵包，我的午餐。

這管酵母是一份寶貴的禮物，得自屏東三地門金大露安部落

的小米，更早可以追溯到五千年前。子富慷慨相贈，希望能夠被善用。不管是幾十人的熱鬧趴踢，還是一個人的安靜午餐，都因善用而讓生命有意義。

　　這一節課，我們用到的臍橙，是振葦的果子，他開車從花蓮載過來，不僅載來了上百斤果子，還有一車他做的柑橘類製品，包括柳丁果醋和各種冷漬果醬，成了那節課分送學員的禮物。

　　早就說好我要付錢買果子。但是，知道振葦算我多少錢嗎？──一百塊。

　　真的你沒有聽錯，就是新台幣一百塊。甚至沒有真正從我手中收錢。他為自己和朋友付費參加這次課程，只在學費裡少算了一百塊──我何德何能，在這遙遠的地方，遇到這麼好的人，被好人如此對待。

　　半生為人，說九死一生亦非虛文。我的人生，已經收到了太多的犒賞，上天留下這條命，是用來報恩的。

　　「讓每一粒柚子都不枉此生。」是我在此時、此地的生命之約。

## 柑橘類水果處理示例

1. 打外皮 —— 外皮精油含量最高的部分要單獨處理，可以用刮皮刀，打下薄薄一層即可。

2. 外皮、內皮、果肉 —— 外皮、內皮、果肉分別釀造，得到的酒與冷漬果醬味道各不相同。

3. 果肉去籽 —— 有籽的柑橘類果肉，可以把籽單獨處理，果肉與籽分別釀造後，更便於製作冷漬果醬。

4. 橫切果肉 —— 橫切可以讓果肉發酵更充分。

註 1：柑橘類水果可以分別釀外皮、內皮和果肉、果汁幾種酒，各有不同滋味。
註 2：水果酒釀造及冷漬果醬製作參照 123 頁、153 頁。

第四章

# 你的廚房你做主
## —— For you, and, From you.

**誰說傷心總是難免的？**

細心的讀者也許發現，在上面的這一節課上，我們的金牌助教已經由美虹，悄悄換成了科學家徐子富。

以後他會出現在我的課程中，我會出現在他的部落行程裡。也許我們還會一起出現在更多好玩的事情裡，並邀請你一起參與。

第一次在美虹廚房得遇子富，我對科學的怨懟只是其中一個章節，主旋律還是友情諧奏曲，他留下心酸洛神、帶走一堆酒，送得高高興興，收得歡喜無盡，就像武俠時代，壯士劍客相見恨晚拔劍相贈。

子富開口閉口「我們德文部落」如何，讓人心生嚮往，不禁探問：「你真的是部落裡的人嗎？」

科學家沒有回答我的問題，而是低頭滑手機，給我看自己在石板屋前的照片：「我不是部落出生，但是去得久了，在三地門就有了部落裡的家人，也有了自己的石板屋，這就是我部落裡的家人和部落裡的家……」

　　啊哈！太好了哇。向來對在部落裡擁有房產的人肅然起敬，忍不住詢問有朝一日我想去住一住可不可以？順便用當地物產釀一點小酒……

　　「太好了啊，他們會開心死了。」科學家擊掌相約，我也滿懷期待。三地門我去過不止一次，但不想只是走馬觀花，我想向蘇小曼學習，當然不是學習麵包師傅走到哪裡用哪裡的食材做麵包，而是大釀其酒。小曼可以週五到達，當晚起種發酵，週六周日授課，烘出麵包，用一個週末完成一個週期，而釀酒需要醞釀七天，接下來的後續處理也要時間，就需要有一個地方穩穩住一段時間……

　　科學家連說沒有問題包在我身上。我們德文部落認為，什麼都是上天的，石板屋空在那裡，我有需要，指給我就成了我的家，你有需要，其實是在善用……

　　我接著想問，是不是其他地方的其他部落也是這樣，也有空著的石板屋啥的……

　　正在糾結自己得寸進尺是不是太過貪心，科學家那邊吞吞吐吐開口：「不好意思我剛才沒有說清楚。我跑部落二十多年，在很多部落裡有不同的家人，每個部落都有自己的獨特產出，會遇到不同的產業問題和行業問題，比如上次送的心酸洛神，看到他們心酸，總是忍不住會傷心，能不能也請你去釀一點小酒……」

　　我懂我懂，傷心是最不養生的。很多問題都可以用釀造來轉化，凡是跟釀造有關的問題都不是問題包在我身上……

　　親愛的讀者你已經看出來了，這種事情，哪裡有什麼不好意思，根本就是來得早不如來得巧，正中下懷。

然後，我也吞吞吐吐開口：

「嗯哪，我也有一個不好意思，我家廚房各種嘗試創新新滿為患，但我與科學，從來都井水河水互不相犯，我有大把大把創新但沒有科學，只知其然不知其所以然。雖然懂不懂科學我都照樣拚命 HAPPY，但是知其然不知其所以然無法向人解釋清楚，這都是上天賜予的寶物，我不能解說清楚道理、得到應有的回應總是忍不住有點傷心。能不能請你撥冗……」

這一回，輪到科學家大拍胸脯：「凡是跟科學有關的問題都不是問題包在我身上，我家裡有大把大把的科學學滿為患就是缺創新，如此拔劍四顧心茫然不知如何是用浪費了上帝的禮物總是忍不住有點傷心，看到那麼多人被所謂科學誤導就更傷心，這種事情哪裡有什麼不好意思根本就是來得早不如來得巧正中下懷……」

親愛的讀者你已經看出來了，誰說傷心總是難免的？吃貨搞剛師傅與部落科學家二人組已經呼之欲出。不僅能夠清理各自庫存廢物利用，也是在療癒彼此的傷心。

甚至，這已經不只是龜毛拚命吃貨與懷學不遇科學家的個人恩怨，科學與實踐如此取長補短聯手出擊，回應的，也是振葦的問題和小非的問題。

我們要聯手遊走部落，動手做，零添加，讓健康好吃、讓科學好玩。

誰說傷心總是難免的？我們不是醫生，玩的不是藥物是食物，但向來藥補不如食補，補的就是傷心。

其實說到底，吃吃喝喝，是小事又不是小事，既關乎個人生

命品質，也關乎國家社會。十丈紅塵熙熙攘攘，每一個柴米油鹽小人物，既有健康快樂的個人願望，也有公平美好的社會期待，能在這些吃吃喝喝的小事情裡照見社會議題，對我們每一個人來說，都是一個機會，符合我們的生命期待和社會願望。

愛自然愛分享，都是親自活著的人，我們愛健康也愛美食，不理會魚與熊掌的糾結，要讓健康與美食兼而有之。我們，要讓好吃的食物簡單易做，人人都是自己餐桌的主人、健康的主人。

我們就這樣上路，相信會在這條路上遇到更多的人。

## 給你一杯忘情水

搞剛師傅得遇科學家，扣子廚房裡自得其樂的遊戲又添新內容，越發其樂無窮。

子富問我有沒有釀過香蕉酒？── 有啊，極其難喝。水果攤老闆送我一堆過熟香蕉就拿來釀釀看，那麼香的果子，釀酒不僅不香，反而集各種難喝於一杯，在我講義特別註明「不宜釀酒水果」之列。如果不是後來靈機一動，又加入百香果二次釀造，那些香蕉酒就會成為飲之無味倒之可惜的雞肋。

子富又問我有沒有釀過香蕉皮？── 沒有。我怕香蕉皮的澀不好處理，一直迴避單寧質高的東西。

科學家說江湖傳言「吃香蕉皮治失戀」不是空穴來風，青綠香蕉皮尤佳。

我一聽就哭了。怪不得提起「健康營養」總免不了讓人搖頭嘆息連說傷心總是難免的，看看好東西都是藏在什麼稀奇古怪的

地方：米糠、麥麩、花生皮、百香果皮、奇異果皮，現在又加上香蕉皮，而且，還要指定青綠香蕉皮──失戀傷心已是人生悲摧，傷心人吃香蕉皮傷上加傷，不是救命是要命。

我知道科學家說的有道理，問題在於這個道理不好吃。我的問題就是要解決不好吃的問題。

立即就試青香蕉。生澀的香蕉肉與更加生澀的青綠香蕉皮，分別釀了兩甕。

此前長跑毅行，各種運動寶典首推食物裡都有香蕉，富含鎂離子、鉀離子，能改善肌肉緊繃幫助心臟跳動神經傳導一大堆功用。現在一邊釀酒一邊查資料，發現香蕉確實渾身是寶，而且更重要的寶貝藏在香蕉皮裡，葉黃素與類黃酮是天然抗氧化劑誰都知道是好東西，特別是青香蕉皮裡富含血清素的前驅物質（5HTP），可以快速被吸收、轉化成血清素，舒緩緊張減輕頭痛，吃青香蕉皮治失戀之說應該由此而來。但是，科學家說傳說不是十足可信，怕是吃也沒用，還是需要拿來釀酒試試，因為5HTP難溶於水和胃酸但易溶於乙醇。

沒有想到，兩種酒居然味道都不壞，原來，不是香蕉不適宜釀酒，而是過熟香蕉不適合。對於傷心人來說，不是吃青香蕉皮沒用，而是直接吃沒用。事實再次證明：世界上沒有不對的食物只有不對的作法。

另外插播一句：釀酒後的香蕉肉，乾、澀、酸，做不得冷漬果醬，疑似廢棄物讓人頗犯糾結。後來試著將釀酒之後的果肉曬乾，煮粥時加進去，居然效果不錯，接近芋頭，問題搞定。再後來又得高人指點，煮熟後混合糯米飯打成麵包抹醬更加可口，同

樣大喜過望。

釀酒之後的青蕉皮無法入口，被我拿來混入麥芽粕二次釀造，兼有水果與糧食釀造的兩類酵母。

這一回釀下去就被我忘記，第16天才想起來，嗚嗚嗚嗚我的酒怕是已經變酸成了醋。趕緊過濾。濾到最後，差點哭出來——甕底全都是糖。

原來大而化之如我，這一次是先加水後加糖，而且忘記攪拌沒化開，直到第16天，仍然沉在甕底。

當然萬念俱灰，無比痛惜我的時間和糖。沒有想到，嘗一口試試——居然！這、麼、好、喝！

不是酒，也不是醋，有一些些酸，但是酸得恰到好處欲說還休，有一點點濁，濁得似透非透欲拒還迎，像是糯米酒的顏色，也有一點糯米釀的米香，更奇妙的是有麥香，那種混合了種籽發芽和麩皮氣息的麥香似遠還近，更慘的是，有一絲絲隱隱約約的酒味在有無之間，度數飄忽於1到2趴左右難以琢磨，總之，好喝到讓人欲哭無淚渾忘世間煩憂管他今夕何夕——我太理解當年杜康的興奮了，居然陰差陽錯得到絕世佳釀。

老天愛憨兒。給我一杯忘情水，讓美味安慰你受傷的心。青香蕉皮單釀為「忘情水一號」，這桶混釀青蕉麥芽飲被我命名為「忘情水二號」。

尚含大量餘糖的酒粕又被我再次釀造，乙醇不僅盡心盡力搬運營養，也搬運美味，同樣好喝但別有風味，這是「忘情水三號」……

悄悄報告：目前我的忘情水系列已經發展到了第五號，從清

淡到濃郁到熾烈，接下來也許還會有更多……

　　欲知忘情水滋味，還是讓東西本身說話比較好。我們決定於 2019 春暖花開之際，要在「慢島生活」開一場吃吃喝喝演倡會「給你一杯忘情水」，主題飲品就是青香蕉。

　　慢島生活？「慢島生活」是個什麼東東？

　　對不起我忘記介紹。這個「慢島生活」，是村莊裡長出來的一株新植物。近二十年來，深溝作為台灣友善農業第一村，先是長出了「穀東制」，又長出來「倆佰甲」，拜這些新物種所賜我享有兩年種田務農的幸福生活。務農期間運氣好到爆，恰好又見證了「慢島生活」從無到有。這是一個健康生活的推廣空間，可以用來做各種講座觀影品嘗交流動手課，總而言之是一個享受生活的好地方。暴殄天物是不對的，近在咫尺有這麼好的地方自然不能錯過。我們要在這裡開一系列吃吃喝喝演倡會，讓健康好吃、讓科學好玩。「給你一杯忘情水」，是我們的第一發。

　　何以解憂？唯有杜康。不為今朝有酒今朝醉一醉不知天下事，而是因為，這裡有抗憂鬱物質，有科學。

　　我們的演倡會上，不僅有一列「忘情水的隊伍」閃亮登場，還會有忘情水後面的科學道理。不僅有一系列家庭廚房自己動手做出的佳釀美味，還有這樣做的科學道理。我們的科學家不用實驗室成果論證資本權力的需求，而是在現實生活一蔬一飯的細節裡，找回科學的作用。我們不僅談釀酒也不只談釀造，而是在吃吃喝的日常生活裡探討如何運用科學知識自己動手與食物對話，找回健康。

天地賜予的寶貝，不只藏在青香蕉皮裡，火龍果奇異果百香果皮鳳梨皮樣樣都是寶（它們保健功能敬請自行網路查詢），這些寶貝不僅不好吃，直接吃進去也很難吸收，但會在釀造過程中轉化，被釀造產生的乙醇溶解，如今有了慢島生活，這些寶貝將會列隊在我們的演倡會上亮相。請注意我的用詞，是「演倡會」不是「演唱會」喔，不是我們演唱大家看，而是「演示＋倡導」，倡導大家一起動手做。

重點是「動手做」。我自己深有體會，身心低谷中大釀其酒為的不是一醉解千憂，而是用自己動手的活菌食物幫助被打倒的生命站起來。這不是一杯忘情水，而是與身體健康和精神自由有關的自主選擇。

重要的不是什麼東西治失戀或者什麼東西治失眠，只要走在對的路上，唏哩糊塗也會做對事。這條「對的路」，就是自己動手，用簡單方法，與天地賜予對話。

## 澱粉七十二變

不只水果異彩紛呈花樣翻新有故事，其實主食也一樣。澱粉也有七十二變。

台灣主要糧食物產是稻米，我種的是糯米。很多人一聽就說「糯米不好消化」。是的，與其「糯性」有關，糯米支鏈澱粉含量高。支鏈澱粉抱在一起自然黏，不容易被人的牙齒和唾液扯開，甚至到了胃裡也一樣。

沒有不對的食物，只有不對的吃法。糯米用來釀酒，缺點就

變優點 —— 支鏈澱粉在酵母的作用下更易轉成糖，再化爲酒。

當然嘍，做麥芽糖的時候也一樣，不同在於，糯米蒸熟之後加的不是酵母，而是生芽的小麥。小麥生芽也取其酵母……但這是另外一堂課的內容，我要時刻牢記美虹的警告，不能跑題。

糯米用於釀造，用處多多，甜酒釀是糯米廣爲人知的用法，根黴菌先將支鏈澱粉轉化成糖，再將糖轉化成酒。吃甜釀，要趁早，吃酒釀，就等等，如果等太久，兩周完全酒化，那就蒸餾，從66度到6度全都有。如果像我一樣忘記，就有可能得到醋酸菌頒發的一個大禮包：糯米甜釀變成了酒釀又變成了糯米醋。不過，醋酸菌也是寶貝敬請自行上網查詢。自己做出來的糯米醋，最好不要蒸餾，擔心性質不穩定的話，過濾後就放冰箱。

有一天心血來潮玩興大發，給我的甜酒釀餵了很多25%的糖水 —— 明知糧食酒與水果酒的酵母不同，但大致原理應該一樣。哈哈七天之後得到無比好喝的糯米甜酒，謝天謝地，又一次唏哩糊塗做對事。受此啓發，後來如此試出了紅麴酒。

糯米甜米酒，溫潤親和，調酒單飲兩相宜，與紅龍果相愛生出的美麗顏色和美好味道都讓人驚豔，「妖豔佳人」就是她。紅麴酒是美虹至愛，名之「櫻花」，嫩白粉紅的米在酒漿中載沉載浮，就像風中飄舞的櫻花。這是一款復合酒，既有糯米甜酒的溫潤又有紅麴獨的氣息，是適合直飲的糯米復合活菌酒，加冰效果更佳。

後來蒙泰雅部落朋友相贈小米紅藜，也加了糯米用來釀酒。混糯米還是因爲支鏈澱粉，不想讓別的細菌捷足先登開動釀醋，科學原理留到以後請科學家來解釋，我只管玩得開心就好。後來

越試越多，不僅將糯米配麥芽，還配上水果一起混釀關公戰秦瓊，結果呢？結果一言難盡，既產出了鳳梨白蘭地一類的蒸餾酒，也有說不上名字的各種活菌飲品，總之，到了演唱會現場就知道了。我們農夫聯手出擊擺酒相待，深溝歡迎你。

　　來深溝聽我們的吃吃喝喝演唱會不僅能喝到各種各樣的米製飲品，還能吃到各種各樣的米包。這些米包，和米包的生產者黃義書，都是我們上路之後收到的禮物。

　　親愛的讀者，我要悄悄地告訴你：已經有一支隊伍，帶著我們的禮物，在前方等你。

　　一開始，只有扣子一個異想天開的農夫。想讓吃吃喝喝的體驗活動開枝散葉，不僅從扣子的廚房，走到美虹廚房、走到慢島生活，還想走進更多的廚房。

　　我在此地，只有最後幾個月時間，有點白日做夢是不是？

　　沒關係，我不僅手比腦快、嘴比腦快，其實還有腳比腦快，走路也是不經大腦，已經上路了。

　　童話故事裡往往會有一個不知天高地厚的孩子，要拯救世界和平解救受難公主尋找傳說中的寶藏要去遙遠的地方挑戰大魔王，除了信念願望和愛什麼都沒有。但是，會在路上遇到各種各樣的夥伴，收穫各種各樣的能力……

　　當然，有人說童話都是騙人的，莫斯科不相信眼淚成年人不相信童話。現代文明工業革命最大的收穫與失去都是跨國企業全球化，人從渾沌孩童變成精明大人最大的收穫與失去都是不相信童話——寧願以國家權力法律準則為準則、以資本權力交易邏輯

為邏輯，不再對童話信以為真。

活到這把年紀、摔過那麼多的跟頭，沒有挑戰跨國企業全球化的雄心壯志，我的心願只有廚房那麼大，甚至只有餐桌那麼小，我的革命只想改變孩子的餐桌，讓他們的未來，能夠離添加劑遠一點。不要跟我說這不可能，雖然摔過那麼多跟頭碰過那麼多壁，但是心裡一直有一個孩子，相信童話，相信夢和未來。

就這麼傻傻上路。老天愛憨兒，走到美虹廚房就遇到石板屋裡的科學家子富，一個農夫傻傻獨行就變成了兩個，行囊裡增加了沉甸甸的科學。

如果沒有主食，親愛的讀者，你有沒有覺得少了點什麼？

千百年來人類主食幾乎都是全食，現代化食品加工企業先給了我們精製粉精製米，為了口感更好顏色更白保存更久加一堆添加，我們要為這些精製米精製粉花高價。但人天生是雜食動物對營養素有複合需求，食不厭精就會缺這少那，微量元素不足各種各樣問題層出不窮，現代化保健品企業又將米糠麥麩變身各式各樣精製「胚芽粉」，我們再為這些保健品花高價——現代人真正需要的是什麼？不是那些花裡胡哨的保健品，而是自己動手跳出怪圈的解方。

缺什麼來什麼，黃義書帶著他的大盒子闖進了美虹廚房。

美虹廚房釀酒果醬班學員黃義書，是披著攝影記者外衣的農夫，在台北貓空種稻多年，專攻主食。

第一次遇到跟我一樣隨時隨地大做食物秀的人，義書隨身攜帶一個大盒子，變出各種各樣的米包。注意哦，請注意我的用詞，不是「米麵包」而是「米包」——如果膽敢稱他的寶貝「米麵包」，義書一定不依不饒跟我沒完：「一般米麵包只有 30% 米其他是麵

粉，而我的米包 100%是米。我也做全麥麵包，但我只做 100%
全麥酸種麵包，而市場所稱全麥含量一般不超過 30%，甚至只加一
點點也敢叫全麥。另外非常非常重要的是：不管做米包還是 100%
全麥麵包，都不用市售麵粉。我備有小型家用加工機械，無論米包
麵包都是自磨穀物，全食運用，保證絕無添加，市售麵粉都會添加
抗氧化劑（維他命 E）漂白劑（維他命 C）及其他改良劑……」
親愛的讀者你有沒有覺得，義書跟我有一拚？

「我做麵包製只用穀物、水和鹽，當然還有──時間。」是
的，在我們與食物對話的時候，時間至關重要。義書不僅在自家
廚房裡自己動手磨麵粉，還是用自然落菌做長時間發酵的酸種麵
包。工廠化麵包生產用單一菌種精銳部隊發酵時間只有兩三小時，
義書玩酸種麵包靠自然落菌雜牌軍發酵一天左右，給穀物中的澱
粉和蛋白質充分的時間分解轉化。

這樣的麵包好處多多不用說，但好吃程度尚待提升，他來上
課是為給自己的寶貝尋找搭檔的食材。讓道理好吃，一直也是我
在做的事。

當然我們能拼到一起的不只於此，我熱愛動手實做，義書用
廢棄自行車改造了一個手搖打穀機，他對商業酵母的態度堪比我
跟添加劑的過節，堅決拒絕任何工業化製造的商業酵母，做麵包
靠天然落菌，跟我的酒引異曲同工，不過作用不同。我發酵釀酒
用來溶解人體需要的好東西，他發酵做麵包則是狙擊植酸（又叫
肌醇六磷酸）。這種東西吃進肚如果只是不好消化揮一揮衣袖不
帶走一片雲彩也就罷了，問題是它會跟腸胃中的微量元素礦物質
一見鍾情，如果只是把它們帶出體外遠走高飛讓人缺鐵貧血缺鈣

腿軟，但更可怕的是植酸會抑制許多消化酶的活性，讓腸道微生物群過度增殖引發腸道高滲透性被稱為「腸漏」，這會造成免疫性問題不是我隨口瞎說開玩笑的。更更可怕的是隨著現代化農業的進程，植物種子（注意哦，不僅豆類堅果是植物的種子，我們每天都要吃的主食都在其列）中的植酸含量越來越高……這些問題我說也說不清楚準備交給科學家解釋，但是，義書魔盒裡有一種寶貝叫植酸酶，可以把植酸分解成肌醇為人體所用……

義書帶著他的大盒子走到哪裡分享到哪裡，告訴大家，這些作法不是獨家專有，家庭廚房裡人人可為。

真真老天愛憨兒啊，給我們送來了天造地設的禮物，當然你懂的，我說的不僅是盒子裡的米包。

親愛的讀者你已經猜到了，就像童話故事裡總有驚喜不期而至一樣，我們在路上遇到了新的同伴。

天上會不會掉餡餅我不確定，但是，天上會掉下一個黃義書，而黃義書隨身攜帶的魔法盒裡會源源不斷變出 100％ 全麥酸種麵包和米包……不要跟我說這不可能，要知道，在童話裡，什麼都是可能的喔。

不管世界多麼鬼馬，相信童話的孩子有福了。


## 讓每一粒柚子都不枉此生


在路上，我們擁有了一支隊伍，一個心懷夢想的農夫的隊伍。

生活不是童話故事，我們不為解救沉睡的公主挑戰大魔王，但確實是要去「尋寶」：我們的食物主權。

　　這個寶貝曾經人皆有之，但在不知不覺中失去。當然現代人不能重返過去，不可能、也沒必要。如何在享有現代生活與生命主權之間找到平衡，是我們一生的課題。

　　我們在路上擁有了一個越來越大的隊伍，不僅要找回食物主權，還要拿回被奪走的食物話語權，要做一系列吃吃喝喝演唱會，倡導我們的理念。不爲跑馬圈地爭利益，而是分享心得找朋友，找到更多人一起去尋寶。

　　科技進步、工業革命和現代化國家，是人類進化發展大勢，都已形成各自的權力系統。所有的權力系統都是封閉系統，具剝奪特質。壟斷企業購買專利技術雪藏進步機遇的案例不勝枚舉，權力系統不僅剝奪個人權利，也在傷害人的共同利益。現代化的過程是科學與技術大爆發的過程，也是專利與技術壁壘、獨占專營同步發展的過程，是國家專屬與企業專屬共同進步蒸蒸日上、個人權利左支右絀節節敗退的過程，已經退無可退。權力系統無孔不入對人的剝奪細緻到每一口食物，直接影響到每一個人的健康，影響孩子的未來。

　　現代人健康問題越來越多怎麼辦？廣告適時而至，體貼告知藥物之外有越來越多的保健品，花樣翻新的時尚廣告以科學背書，告訴我們這應該成爲生活中的必需品，從工業化合成的維他命錠到生化製品益生菌。

　　在並不久遠的過去，人從食物中得到這些成分，工業化生產全球化銷售先是排除了這些，我們要爲之埋單，又將這些東西再擺出來，我們還要爲之埋單。

　　有沒有辦法走出怪圈？我們就在探索這樣的路。在這條路上，

有穀東制倆佰甲慢島生活，有美虹青松子富義書⋯⋯有越來越來多的人，走出了一支隊伍。

我們不是堂吉訶德，手裡沒有長矛，風車不必擔心我們，相反，它們應該擔心的，反倒是自己。封閉特性與剝奪特質又是權力系統的阿基里斯之踝，是它們自身無法克服的致命因素，這是一個死結。解鈴不能靠繫鈴人，我們無法寄望權力系統的拯救，只能動手自救。

健康的生活方式一定與土地有關，不論是像阿寶青松一樣回歸土地，還是成為他們的穀東參與他們的革命，總之必得恢復或者重新建立某種程度上與土地的聯繫。

我追尋的解方，是廣泛的、自下而上的自組織系統，是「開放性」。作為一個熱愛自由的人，受不了權力系統對人的圍剿和剝奪無處不在；作為一個母親，受不了這種圍剿和剝奪已經占據了孩子的餐桌。我在此地、做這樣的事、寫這樣的書，並一再聲明：永遠拒絕任何專利專屬專營，完全開放共享。

金秋文旦季節，我們要「讓每一粒柚子都不枉此生」。不僅向每一粒柚子開放，也向所有的人開放。不僅開放知識產權、開放技術，也向不同選擇開放。

面對那三萬斤柚子，我與振葦，選擇不同，一定還會有更多的振葦。我們願意一起面對問題，把演唱會辦到柚子園裡。

這一次不再是生產者消費者任各種權力系統聯手打理，而是四個農夫聯手合作主動出擊。對不起，這麼說不夠準確，是生產者、與科學家、與消費者共同成就一種革命，翻轉權力系統對人的剝奪。

　　振葦改良果園名聲在外，文旦節已連續幾年，這一次內容更加豐富，將會增加我們的柚子博覽會。各種果醬、飲品、還有餃子……我們最有力量的武器，是讓道理好吃，帶人一起動手做，容易學，簡單做。

　　不僅好吃易學，還要消解專業壁壘，解讀科學原理。我們的科學不為「認識自然改造自然」，認識自然、順應自然，知識就是工具，幫助我們向自然學習，學習在現代社會人與自然如何相處。

　　我們不僅歡迎消費者參加，也歡迎加工廠商一起來。我們的研發不以商業化銷售和遠距離運輸為目標，而是要好學易做，推動消費者成為家庭廚房裡的食物加工者，拿回食物主權，也推動社區合作與社群合作，自己動手＋互助合作讓更多人拿回食物主權。

　　我們不僅開放技術、開放活動，也開放合作成員。對「開放」的另一重解讀是「For you」。這個 you，可是消費者，也可以是加工商，還可以是生產者。在瑞穗，可以是振葦與他的柚子，在台東，可以是建和部落的小卓與她的心酸洛神；在屏東，可以是三地門子富的部落家人……

　　我們還要傳播方式開放，不僅首先用好吃擺平味蕾，用好做擺平怕怕，還要採用大眾通俗娛樂化傳播方式，無限挑戰接受下限下不保底：「我們要低俗再低俗低到讓所有人都唾手可得」，低到小非忍無可忍，忍不住咧嘴搖頭：「哎呀不要這麼說，是通俗啦。」

## 你的餐桌你做主

　　這些年來，一直是各種各樣的食安問題你方唱罷我登場步步緊逼，這一次，農夫生產者和消費者要試試主動出擊，聯手翻轉。我們的心願上不封頂下不保底，就算是習慣於三餐外食的都市上班族，也有改變的可能，仍然可以進慣常超市，只需多看一下成分標示，就可以做出選擇攔截部分添加物。如果希望繼續減少添加，睡前用三五分鐘做一瓶自製優格，滾動循環，低添加越來越趨近無添加。再多花幾分鐘，變成希臘優格，就可以取代富含添加的抹醬。如果再加上像我一樣做冷漬果醬，又像義書那樣做麵包，就可以實現零添加的早餐。

　　我們不僅要在慢島生活吃吃喝喝做演倡，還要到處遊走，不僅要到處遊走，還走進你家的廚房。有人說不行：「哎呀不行，我們家有小朋友，風能進雨能進釀酒師傅不能進。」

　　我早說過了，我不是一個釀酒師傅，也不是一個果醬師傅，我是一個吃吃喝喝魔術師，我廚房裡的魔術應有盡有，包括大量無酒精食物。還記得前面讓已經咳死的佩茹起死回生的柑橘套裝麼？全食利用全無酒精，老少咸宜全家通吃。釀酒之後的柑橘皮冷漬果醬確實含酒，但日曬或者烘碗機脫水後也是全無酒精的美味，當然，有果乾機的家庭就更應該物盡其用。如此加工不僅可以全家共享，還能轉化果皮寡糖，這種寶貝入口其實是給細菌吃的──果皮寡糖是腸道益生菌的食物。

　　食不厭精膾不厭細的現代人＋已經越來越依賴益生菌，但是

要知道，益生菌進入人體之後，也使需要吃東西的，它們需要的食物就是果皮寡糖。這個原理太過複雜，子富說欲知詳情必須認認眞眞坐下來聽一個半小時講座才能說清楚，在此我跳過過程只說結論。

不只可以如此處理柑橘類，幾乎所有冷漬果醬都可以通過脫水消解酒精。

我有的是寶貝可以一家共享，共享美味健康，與大娟姐一樣共享通暢──這已是現代人共同的難言之隱。

還可以家人親子共做，共享一起動手的樂趣，特別適合關注孩子健康的父母。

現在有請無酒精系列，首先出場的當然是牛奶製品，優格，和希臘優格。

用市售鮮乳自製優格以降低添加劑攝入，前面已經說過，不再重複，作法圖示附後，只重複一句，感謝瑤玲。

隨後出場的是自製起司。

我有一口披薩窯，自製披薩千好萬好，但仍需外購蕃茄醬和起司，我對外購製成品都有顧慮。蕃茄醬可以用新鮮蕃茄代替，起司讓我顧慮的自然是成分列表中的添加劑，直到遇上釀酒班學員、一口標準華語的法國姑娘克萊，我人生吃到的第一口向日葵起司是她親手做出的，我做起司的配方，也由她提供。

跳過牛奶起司這類誰都知道的戲碼，盡可以搜尋網路，直接說向日葵起司。其實油脂含量高的種子都可以，克萊說她選向日葵是因爲便宜，我試過幾種材料，這個最對胃口。

　　製作非常簡單，向日葵籽充分浸泡八小時後打漿，加入菌種（乳清、酒泥、泡荣水皆宜），發酵、濾水、定型、乾燥——OK！

　　插播一則與起司有關的花絮。試過黃豆渣起司與黑豆漿起司，味道都沒問題，問題出在口感。豆渣太乾口感太「粗礦」，而黑豆漿又太緊實太過質密，幾乎是咬不爛的橡膠。第一反應是「以後不做了」，第二是想試試在初發酵階段將兩種東西混合，一舉解決兩種口感問題。如何亡羊補牢將來再說，眼下的問題是已經做好的怎麼辦？又不想勉強自己硬啃，太傷心。

　　後來無意之中看到了冰箱裡閒置的青木瓜酒泥。農友相贈大批青木瓜，供我釀酒。因爲果子量太大而我的容器又太小，果肉比例高到空前，六天初試，發現酸酸的，接近於醋（意外發現釀醋訣竅這個容後分解），酒泥已經醋化發酸不適合做冷漬果醬，又不捨得丟掉，只能在冰箱占空間。直到突發奇想，試試用來配起司。

　　那天刀功，西施當班，一粒直徑不到4cm的黑豆漿起司，被我切了44刀，薄如蟬翼，平均厚度在0.8～0.9mm之間，把橡膠切到這種厚度都能入口即化更況起司乎？抹上薄薄一層青木瓜泥，起司濃香微鹹，果泥水分充足正好中和乾硬，尚且存有一絲絲酒與醋的清爽利口，兩種東西根本絕配，入口簡直要升天。飲酒之徒配一杯紅酒更是登峰造極，家裡紅酒雖多但我只是釀酒之徒，配紅茶，同樣妙不可言。

　　事實再次證明：沒有不對的食物，只有不對的吃法。

說過了起司，順便說泡菜。克萊的配方中，提到了製作起司的幾種酵引，我自己試過了加乳清、加酒泥、加泡菜水三種方式，確定用泡菜水，方便易得，口味也適合我。泡菜水取自我的泡菜桶，是按照網上的製作方法，從高麗菜酸菜開始養菌，簡單易做成活率高，至於味道，請吃過我酸菜泡菜和泡菜製品的人自己評說。

紅茶菇，又叫紅茶菌，是一種以醋酸菌和酵母菌為主的共生體系。我的菌種，蒙克萊相贈，其實作法與菌種都很容易從網路得到。除了各種各樣的好處，特別提示一點：紅茶菇可以降低澱粉分解酶的效率，吃下的澱粉不被分解的好處敬請讀者自行想像。既有助通暢，又能降低吸收，特別適合有減肥需求的人。

東西雖好，但往往一做一大罈，分裝麻煩，一時喝不完又會變酸成醋，讓人覺得不方便。各種小的不方便積累多了，乾脆「不玩」。我對紅茶菇普及化的貢獻在於容器改良：將大容器改為小容器，找出家裡現有的六個500cc玻璃杯每天做一杯，成熟期約為六天，六個杯子就可以永續循環，每天一杯。倒的時候留一點點在杯子裡，再續茶與糖源（白砂、二砂、蜂蜜、麥芽糖各有千秋），即飲即添，方便省事。

佩茹看到這裡一定會抗議：妳沒有洗杯子耶！

我學著像瑤玲一樣問問題：妳為什麼要洗杯子——要衛生、要殺菌。

為什麼要殺菌？——我們做紅茶菇，要的就是細菌繁衍呀。

當然必須申明：我只是在自己家才嘗試重複使用，從事教學與加工，所有容器，都會認真清理消毒。

水果醋。

先承認我對水果醋釀造全無研究，只是唏哩糊塗做對事，誤打誤撞釀成醋，精益求精者一定不要滿足於我的大而化之。

相較於工業化釀酒嚴格滅菌、控時控溫、多重添加、始終監控調整的標準化單一過程，家庭釀造是一個多種菌類同時作用的復合過程。起作用的酵母種類可能不同，但大致流程近似，糖→酒→醋。

水果酒釀造是兩個糖分子在酵母作用下轉化成一個酒分子，甜味變淡酒味變濃，七天左右到達酒的峰值。然後變酸，成為醋。兩個月以後，酸味變淺成「酵素」，聽科學家說法語裡的表達更貼切叫「酸酒」。可以直接兌水飲用也可以用來拌沙拉或者處理魚肉以使肉質滑嫩，還可以跟我一樣，用來代替洗碗精和沐浴乳。

我學釀酒，老師教的比例，水果：水＝6：4，我教釀酒的時候，改為一半對一半，這樣比較好記，而且，以我一貫的大而化之，沒有覺得有什麼太大不同。但是後來我發現，如果提高水果比例，變成7：3或者8：2，結果不是更加濃郁的酒，而是醋！科學原理，要等科學家解讀，我試了幾次都是這樣。

另外在此插播一點我對於水果酒釀造的心得：如果把水果與水的比例改成4：6甚至3：7也許有驚喜，特別是處理柑橘類皮的時候……

不要以為這些內容太多，其實只是家庭廚房料理裡的一小部分，還有一大堆列隊候場甚至沒有得到被點名的機會。材質手法千變萬化，自己動手千般萬樣不僅僅是美味健康，也是食物主權，

是生命自由。

以上這些種類與料理方式，能夠再次印證，我的方法是如何上不封頂下不保底。

有人問：沒有廚房怎麼辦？

有沒有廚房不是問題，問題在於自主選擇、自己動手。前面已經提到了我拚命年代和環島路上的作法不復重複，將來有機會我乾脆寫一本人在旅途的料理書。這本書裡也許還會有簡單的無廚房料理，我只跟添加劑和塑膠垃圾有仇，對是不是活菌沒有執念。

說到底是自己動手。自主選擇、自己動手，就可以離添加劑遠一點，離健康近一點，關鍵在自己。

扣子廚房裡，重要的是我自己，在你的廚房裡，重要的是你自己。別人不懂你的心，要自己動手愛自己，歸根結底要你自己動手。拿回食物主權是一種理想，也是責任和追求，不止屬於扣子或者子富義書，屬於每一個你 —— 你的廚房你做主，你的餐桌你做主。

不僅僅是 For you，我們為你做。也是 From you，是你在做，為自己做，為未來做。

讓健康好吃，讓科學好玩，讓好吃的食物簡單易做 —— 我們用行動做倡導，但不會借助自己已有優勢資源形成一個新的權力系統塑造新的話語權力，而是以此消解專業壁壘，從權力系統手中拿回食物話語權。

For you, and, From you. 讓我們一起來做點什麼吧。不僅不能讓我們的身體和頭腦變成權力系統的跑馬場，說點具體實在的，不能讓我們的餐桌、孩子的餐桌，變成權力系統的跑馬場。

## 用嘴巴　愛台灣

前面說了和大家一起要做的事，再說說我自己要做的事。

首先是認真種田，拚命戀愛。

必須謙虛地承認，我有種田的天賦。

2017年夏天第一次接觸帶殼的稻穀，全無農作經驗的我在曬穀場抄起耙子，起手居然中規中矩，老農連連驚嘆：「妳不種田，實在是浪費人才。」──親愛的讀者你知道，暴殄天物是不對的。

2018年，我是新手農夫，感恩天地風調雨順、感恩農友受助多多，糯米豐收。謝天，謝地，謝人。

2019，除打田收割需要代耕機械，其他盡可能獨力完成，爭取事事親力親為。愛得傻，才愛得真。

種田對我來說，不是追求幸福，而是幸福本身。我要好好享受與土地相伴、與土地戀愛的每一天。

年前《人本》雜誌相邀，接稿後編輯點出我的土地認同：「妳一再說到我們宜蘭人如何。」──是嗎？

想想也很自然，種田，是建立土地認同最根本的方式。

我愛這片土地、這種生活，愛在土地上親自活著的自己──拚命熱愛。

我對生活，懷有深切摯愛。人生如此短暫，生活如此美好，用盡一生拚了命都愛不夠。當然，即便是愛，也有分寸可供拿捏，有算計可以學習。但是，誰的身體誰知道，以我這種魯鈍資質配

不上那些高端技術，還是簡簡單單做自己，拚命戀愛更養生。

　　我在此處，拚命與土地戀愛，也是在與生活戀愛，與自己戀愛。


　　然後是好好做吃貨，拚命寫書。

　　這半輩子做過的事情一言難盡，一路走來，身後拖著一大串匪夷所思的職業，一路向前，往往活著活著不期然發現又一個新身份，比如農民。但我從來就知道自己是吃貨。那年被抓之後，警察叔叔把每一種職業每一個身份都翻來覆去審透透，唯獨對吃貨視而不見，好失職。

　　半生寫字混吃，上窮碧落下黃泉七七八八都寫過，不寫吃枉為吃貨，傷自尊。

　　祈願寫一堆書，詳解製作功法。不僅因為我有吃貨的天賦，要把這些經驗梳理以免暴殄天物，也是因為，我要用這種方法，表達自己心中愛意。

　　有位朋友說過一句話深得我心，「用嘴巴，愛台灣」，準備拿來做這些書的總名。

　　已經做過的嘗試實在太多，這會是一個系列，《用柚子愛台灣》《用洛神愛台灣》《用糯米愛台灣》……一拖一串。好在事情都做過了，資料積累足夠，又有科學家和攝影師助力，只是需要時間精力，跟這事拚上就 OK。


　　第三件是要去香港，毅行。

　　2012 初走百公里毅行路，自此愛上那條路愛入膏肓，許願每

年都要走一回，天長地久一直到老。但是你知道，2014 毅行時節，我在牢裡。2015，我畫地爲牢。2016，再回征途，感恩隊友，一路扶持陪伴，人生第一次全隊完賽，是痛不欲生的煉獄，也是最深刻的療癒。

然後，2017、2018，我在台灣，與毅行隔海相望，我知道自己的生命，還需要恢復。

2019，已經準備好了，11 月的第三個週末，再去香港走一回。

第四件是要回家，結束毅行之後，就像此前一樣，由香港北返，回家。

「不要回去了吧。上一次，妳從香港一回去就被抓了，怕妳重蹈覆轍。」—— 論道理，我覺得不會。上次被抓已是鬼馬，因爲占領中環。這次我提前一年就確定了回去的時間並廣而告之，不會臨時又有什麼事吧？

「不怕一萬就怕萬一，萬一……」—— 論運氣，眞不好說，運氣在我的生命裡一貫神出鬼沒不可琢磨。上次被抓，給審我的人送了一個大禮，對不起說錯，是兩個大禮：我的兩本書稿。對不起又說錯，是一個大禮包，後來抄家又抄走兩百多本日記。有人說：「警察最喜歡妳和浦志強（注：中國人權律師，與作者同期被抓）這種人，愛寫日記。」我覺得自己比浦志強要強，還愛寫書。而且，作爲一個吃貨，一貫講究閱讀口感，硬是把中國民間公益血淚史寫成了笑話大全，如彼堅硬的歷史，讀來極其綿軟順滑，不僅爲帶著敵意窺探香港公民社會形成和中國民間公益歷史的國家機器提供系統索引，也爲審訊我的警察叔叔帶來了莫大

驚喜。這回直接上菜專門寫吃，足以佐證我與人為善下不保底，回應用戶需求上不封頂無所不用其極。

「妳有那麼多事要做，還是不要回去了吧。」好意我懂，我心領受，但是，回，還是一定要回的，我不想成為一個流浪者。如果就此漂流此地，那麼，對於「被抓」的恐懼，就會像刺一樣，一直釘在心裡。我當回還，面對命運，不是賭氣鬥勇，是為此生安寧。

如果再次被抓，那是我的宿命，只能面對。如果再次被審，還是會向審我的人曉之以理。我根本不 care 某個政權或者哪個政黨，不 care 顛覆還是輪替，我看到的是權力系統自身的缺陷，且是死結，我們不得不回歸土地、回歸民間、回歸自組織尋求解方，否則只能共毀。

計畫說完，許個願吧。

回去，是我的宿命。如果，如果，倘有未來，我一定回來。

這個「回來」之所指，不是籠統地指台灣，這個給了我身心康復的自由之地，而是宜蘭這片土地，員山側畔蘭陽溪邊，我的村莊。

誰都有心目中的理想生活，追求幸福也是人的本能。對我來說，此生大願，是嘗試完全自給自足的生活。愛上這片土地之後變成：60 歲前，在這裡嘗試完全自給自足的生活。

對這片土地的感覺不復重複，對自給自足的理解，也說了夠多。只說「60 歲前」：阿寶而立之年討山務農，說很多事老了以後也能做，但是向土地討食要趁早。饒是我有務農天賦，在這裡種田釀酒勝任愉快，但實踐自給自足不僅有體力限制，還需要時

間投入，自忖 60 之前，還可一試。

60 歲以前的人生，本已許給 512 地震受傷的孩子。但已經用不到我，因爲有了志願者的自組織，我可以一身輕鬆享受這段種田務農的日子，與土地對話。

這兩年一路走來遇到越來越多的同伴，我們吃吃喝喝做倡導，既不屬於扣子也不是爲扣子而做，而是每個人都在運用自己的專長爲自己的心願而做，也是自組織。

「開放社會＋自組織」，是我理想中人的組織形態，自帶光芒──不是專屬光環，而是生命力。

開放社會自組織，與關起門來朝天過，同樣吸引我。

此生死死生生一回回，我要奢侈一回，把這賺到的生命，許給「關起門來朝天過」的生活願望。

如此，既是順應追求幸福的本能，也是基於我對未來的考量與憂慮尋解方。這本書一直談的也這個問題，現代社會和現代人的生活方式有無法自癒的死結，人如何重建與土地的連接，是無法迴避的議題。

我愛生活，無藥可醫，那就必得面對生活中的問題。

飛蛾撲火一般，我拚命愛著這個鬼馬世界，我用這種方式，愛自己。

## 後記

# 改變　見證

2 月 14 日，情人節，也是我的重生之日。

2015 年這一天我重返人間，雖然對「取保候審犯罪嫌疑人」而言，不過是牢房由小轉大。朋友說「這是世界上最好的情人節禮物」，那一天，我成爲一個禮物。

2019 年 2 月 14 日，我完成這本書的初稿，重返宜蘭市場。

從 1 月 24 日至此剛好一個月。本來想的只是斷網關手機，平時隔一陣會去宜蘭市區採買。進入閉關狀態後臨時起意關得更徹底一些，試一試關起門來朝天過在家搞定一切。感恩那片雜草橫生的荒地，用三個月的時間見證我的改變，荒地變菜地，憑我這點三腳貓種菜技術，閉關期間的餐桌照樣五彩繽紛。

很享受這段與世隔絕的生活。閉關，是通往自我的捷徑，一種非常適合我的生活方式。

這次來宜蘭市區爲了列印初稿。在美好春日看紙本改稿而不是面對電腦，是人生莫大享受，我不願錯過。

順便採買。水果攤，用我的袋子裝幾樣果子去秤重，老闆娘

邊找錢邊問：「好久沒見，過年去哪裡度假了？」—— 唔唔唔，香格里拉。這個年，我在天堂。其實，這一年，我一直在天堂。

　　豆腐攤比較麻煩，我豆製品消耗量大、種類也多，豆絲豆皮一大堆。面對我遞過去的一把塑膠袋，外籍的小妹有些茫然，老闆娘過來，接過我的塑膠袋分門別類往裡裝：「我來我來，她環保。還是兩塊傳統豆腐、一斤豆皮、兩斤白干絲嗎？」—— 是啊是啊謝謝你。

　　然後我拿出另外一個袋子：「可以裝一點豆渣嗎？」—— 豆渣在貨架後的袋子裡，平時可以自己進去裝。

　　但這一次，正在忙碌的男主人問我：「妳是吃的嗎？」—— 是啊。

　　他從高高的加工桶中挖了一瓢：「拿這個好了，沒有提取豆漿，更好吃些。」遇上這種事情，灑脫如金爺者一定大笑三聲，但我沒那麼灑脫，怕嚇到人，只是躬身收下，感恩謝過 —— 這是世界上最好的情人節禮物。

　　我會做成好吃的黑豆漿豆渣起司和健康又美味的豆渣料理，不過不太可能拿來豆腐攤分享，既怕讓人覺得突兀，也怕他們不喜歡怪怪的新口味或者不習慣這樣表達，日後相處平添尷尬。心裡悄悄寬慰自己：不管是我一個人認真對待、珍惜吃下，還是與人共享，都是善用了這份平常又特別的美好禮物。

　　年輕時候讀三毛，那個異鄉漂流的女子，看她在加納利群島實踐現實生活，生活在別處，又是生活在人情深處，心安頓處，便是天堂。如今，我心安頓，人在天堂。

帶著水果、豆製品、幾樣茶苗和一疊書稿回返，去往釀酒、做起司、整田種菜、晴耕雨讀的村莊，滿心滿懷都是感激之情。感激這些人、這些物，感激這一切陪伴我、見證我的改變。

「扣子你變得柔軟了。」說這話的是我慈林政治家研習班的同學，她認識我已近一年。

「扣子你好起來了。」說這話的台北朋友認識我三年，那時我擺脫牢獄之災剛到台灣。

「扣子你快樂多了。」與這位新北朋友相知五年，人生煉獄之前。

感恩一路陪伴，感謝你們，見證我的改變。

## 我的改變，我的邀請

這本書，是我人生之中第一部「養生寫作」的產物。

已經習慣了「拚命寫作」，每一次都用竭澤而漁的打法跟書稿拚命，亦師亦友的梁曉燕，總是幫我審讀不堪入目的初稿，一開始說我「寫作是一項體力勞動」，後來改說「寫作是一項重體力勞動」。

最長的閉關時間七個月，是我關於 NGO 的第一本書，不僅要面對數百人幾百萬字採訪錄音和兩箱資料，也是要拚命進入一個完全不同的世界。最短的閉關時間在 2011 年 5 月底，只有十天。閉關之前我與同事瘋狂加班，為一次為時十幾天、牽連數百志願者和四十多位小朋友的夏令營做準備。狂轉之後給兩位小同事放

假補休，我把自己關在村子裡，拚出十萬字初稿。

512 地震之後，我的時間以分鐘計算，這段專門寫作的時間，真是拚命擠出來的。雖然後來的改稿期艱難漫長，長達一年。書稿初成，我就知道，這是一本好書，知道自己已經善用僅有的機會完成了最艱難的工作，不枉我十幾年關注，不枉主人公十年摸索，不枉我們三年共同實踐 —— 這本書，就是後來廣受好評的《可操作的民主》。完成最後一章那一天，正好是六月四日，那個特殊的日子。

每一次拚命寫作我都不後悔，都會慶幸善用了機會。我愛自己做的每一件事情，愛到願意為之拚命。

這是今生今世第一次「養生寫作」。每天運動，每天瑜伽，一日三餐都有吃，每一餐都有活菌食物。每天下田，享受與土地的戀愛，我愛這片土地，愛得要命，我要因此珍惜這條命。

這本書，是我的改變結出的果實，也是一個邀請，邀請你的見證、你的參與，共同成就更多改變。

## 關閉成見　打開世界

閉關期間我的變化，除了這本從無到有的書稿，還有，開始了不開燈生活。

這不在計畫之中，就像臨時起意決定不外出採買一樣，是 2 月 4 日、農曆除夕臨時決定自然開始的。

那天天氣很好，風和，日暖。天氣允許的日子，都是在屋外

寫作，可以享受自然風和自然光。通常黃昏降臨才收工回房，關門，開燈。那天專心面對筆電螢幕，沒有留意黃昏如何靜靜走近又悄悄走遠。

那個除夕之夜，好美好安詳。我合上筆電，與夜色無言對坐。直到一組新的表達不期而至，不想驚動那絲來去無蹤的靈感，沒有起身回房開燈，而是原地打開電腦。

記不得那晚的寫作進展，是結出了什麼樣的果子，還是散入夜色都不見？後來，又臨時決定換了鞋子走一走，一直走到田裡，夜色朦朧之中與我的水田相看兩不厭，回轉返家，與一路夜色相看兩不厭。原來我每日沉浸其中的幸福深處，還有另一重幸福。夜晚的村莊，是另外一個世界。我錯過了多少美好？

那晚不開燈很自然。除夕是個特別的日子，應該有特別的過法。

時間愉快地過去，一個人的安靜除夕，因為這個臨時的選擇和那些意外的美好，安寧又豐足。

這個自然又突然的決定，改變了我的閉關時光。第二天仍然沒有開燈，實在迷戀那種感受，此美妙的感受，讓我盡情吃到夠。

「關閉成見打開味覺，你會進入一個不同的世界」。關閉電燈，我無意之中打開了一個世界。

第二天嘗試各種各樣不開燈的遊戲，包括在房間準備晚餐、端到院子裡享用，沒有切到手，沒有碰翻器具一切如常，沒有吃到鼻子裡也沒有喝到衣襟上同樣一切如常，但多了一種不同尋常的興奮。

　　世界並沒有漆黑一片，除了星華月輝自然光，還有路燈和鄰家燈火，這也是現代社會生活環境裡的一部分，我都接受。不僅院子裡一切歷歷，房間裡也有散射光，眼睛還會調節適應，這是我們天賦的能力，但被「開燈」覆蓋了，很高興有機會喚醒這些能力。

　　這樣的不開燈生活頗具象徵意味，不是打翻顛覆也不是回到從前，而是在當下追隨心愿，找到一種適合自己「度」。

　　不管在院落在房間，無論撥動琴弦還是做瑜伽或者什麼也不做，有光，穿過夜空灑在庭前，也穿過紗簾灑在地板、灑在身上，分不清是月光還是路燈的光，那不重要，重要的是有光，身邊有光，我心有光。

　　不開燈，意外發現了和世界相處新的方式。此後興奮回落、欣喜散去，我與這種不開燈的生活相伴兩不厭，不是一見鍾情，而是一見如故。這種生活實在適合我，我們自然而然地平淡相處，就像原本如此，原應如此。

　　不開燈讓我發現了和自己相處新的方式。午夜入睡是現代人慣常的就寢時間，但我的生物鐘會在五點鐘醒來，如此每一天都睡眠不足。不開燈的日子裡，早早上床，在村莊醒來之前自然醒，是一種多麼美妙的感覺啊。真是一種美好的開始，美好一天的開始，美好生活的開始。

## 這是一個邀請　邀請你的見證

時間愉快地過去了。

那些不開燈的日子，陪伴我的書稿慢慢長大，也陪伴我的院落悄悄變化。廢棄經年的木頭變成了花架和茉畦，路燈和月光的照度完成這樣的工作已經足夠。完工之後立即撒種育苗，我清楚地知道種子放在房間哪個抽屜裡，也知道育苗土在倉庫什麼角落，不開燈反會多一份詩意與美感。如今這些種子已經萌發，瑤玲相贈的波斯菊，已經長成一層濃密的綠毯。一想到開花的日子，就滿懷期待。

想到即將結束閉關，就覺得遺憾。不爲重回例常生活，種田釀酒都是我的享受，是爲「開燈」。

那麼，我爲什麼要開燈？——我自己是可以不開燈的啦，如果有客人來，不開燈怎麼好？

突然，又自然而然地，做出了「以後也不要開燈」的決定。

這將開啓我與他人相處新的方式：就像端出自釀美酒共享一樣，請朋友一起分享不開燈的美好生活。

我又想到了高天那句「把你杯子裡的水喝掉。」當年我沒有學他如此要求他人，覺得像是一個命令。但是此時方知，其實是一個邀請，不是不禮貌，不是不友好，而是在邀請你進入一個不同的世界。

自釀美酒，是我廚房裡的寶貝，總是把最好的酒拿出來跟人

分享。不開燈生活，同樣也是我生活中的寶貝。雖然，電燈是現代人與生俱來的光源，「光線太暗對眼睛不好」也是與生俱來的提醒，就像「私菸入手、健康出走，私酒入口、生命失守」一樣。但是，與自然光、自然風相處也是人與生俱來的能力，我要像分享自釀美酒一樣，邀請走進這裡的朋友，一起分享我不開燈的美好生活。

　　這是在邀請你，一起關閉成見，共享美好，也是邀請一種改變，邀請共享我的改變。

## 你的見證，你的參與

　　邀請你見證我的改變，來深溝參與我們的吃吃喝喝演唱會，見證我們的投入。也邀請你的參與，將這種方式介紹出去，與更多的人一起，共同成就。改變，不應該只是發生在扣子廚房、美虹廚房、慢島生活。每個人都需要，每個人都可以。For you , and , From you。

　　邀請你的參與，一起動手，做自己廚房的主人、餐桌的主人，做自己的主人，共同嘗試。

　　都市人不必成為阿寶成為美虹青松，只是需要在現代生活和自然追求之前找到一個度，承付適合自己的代價，尋找喜歡的方式。享有現代便利沒問題，追求自然生活也很正常，既想享有現代生活又要追求自然生活，要在其中尋找平衡。想清楚自己想要什麼，在現實當下追隨心願，最重要的是做自己。

釀酒課上，有一個問題會被經常問到：會不會失敗？

別問我會不會失敗，明確告訴你：一定會！

會不會成功？一定會有成功！會不會失敗？一定會有失敗！只是不能確定這一次，是成功，還是失敗。

盡人事，聽天命。我們做的，只有這些。做完了我們能做的，就要把一切交給天，交給未知。

不管是釀一甕酒，還是做一件事，不要問我會怎樣。只知道我們會拚命盡力。

除非你循規蹈矩走別人的路，把紅肉李殺菌消毒送進無菌室接種嚴選純粹菌種，或者用大量添加劑保鮮劑扭曲自然。別指望不出問題不犯錯不失敗，人只是自然的一部分，自然裡有無窮可能。

不管是種一片田還是釀一甕酒烤一爐酸種麵包或者寫一本書，只做自己能做的，然後，把結果交給天。


但我們需要你，需要你的見證、你的參與。改變，需要你共同成就。

不要說這只是別人的事，只是扣子、子富、義書、振葦、美虹、青松、瑤玲的事，這是食物的事、添加劑的事、廚房的事、餐桌的事、孩子的事，是每一個人的事、是全社會的事、是未來的事。

沒有人能置身事外，你不是坐以待斃的羔羊、也不是坐以待戲的觀眾，你是這出戲劇的主角，是自己的主人、未來的主人。

參與、改變，不是我們的需要，是你自己的需要。

## 見證我的自由　我的敬意

關閉自己，會收穫很多，也會錯失很多。農友說我錯過了阿澤：「鄭性澤開車來找你……」我掩住失落撇撇嘴：不理他，沒什麼大不了。最大不過，是來炫耀他的自由。

受不了人愛炫耀，只有一個例外，就是阿澤。因為他炫耀的，我也同樣摯愛──自由。

阿澤每每興之所至，不期而來，給了我很多驚喜。打開黑色的車門走出來，他愛穿一件耀眼的白 T 恤，上面三個大字「自由人」──他是在炫耀自己的自由，也是在給我陪伴。

我去魚麗，阿澤總會讓出他的房間歸我獨占，自己開車往返於台中的工作與苑裡的家。

大方分享自己的房間，但從不讓我染指擺盤與端盤子的機會。好心好意分擔他的辛苦，而阿澤永遠不容置喙：「扣姐這樣不行，客人會……」從來沒見客人會說話，永遠都是阿澤在說話。每每忍不住暗罵討厭：端盤子什麼了不起，好像全世界只有你才會。

阿澤不僅是在炫耀自由，也是向魚麗、向幫助陪伴過他的所有人、向這個世界，證明自由的價值。

阿澤不僅止炫耀，也在善用他的自由。除了在魚麗端盤子穿梭於餐桌之間，還穿梭於各種各樣的人權聚會與冤案受害者的探訪與陪伴，包括我。

感謝你，我的兄弟，就像我懂得你的珍惜與炫耀一樣，懂得你的關心與陪伴。

經歷過生死煎熬的人，更懂得自由的可貴。

自由也是一份禮物，寶貴如同生命，但比生命稀少。如不善用，有無自由，沒有分別。

對於美虹與青松的忠告，我心領受。但是，命運在此時此地給我如此饋贈，我必善用。

也許你讀這本書，會覺得我太過炫耀：種田釀酒什麼了不起，好像全世界只有你才會。

親愛的讀者啊，請你一定原諒我，這是在炫耀我的自由，也是在享受自由、分享自由。

如此美好的禮物，不忍專美，邀請你，一並見證、參與、創造、分享。

以此，向所有美好，向這片土地，向這個世界，致以敬意。

　　—— 2019 年 2 月 14 日，寫於宜蘭深溝，我的重生之地

# 親 自 活 著

作　　者：寇延丁

插圖攝影：黃義書

文字編輯：林倚安

美術編輯：羅吟軒

出 版 者：水木文化事業股份有限公司

　　　　　300 新竹市光明里光復路二段 101 號

　　　　　03-571-6800

經　　銷：三民書局

　　　　　友善書業供給合作社

印　　刷：晨捷文化事業股份有限公司

初版一刷：2019 年 6 月

定　　價：新台幣 300 元


國家圖書館出版品預行編目（CIP）資料

親自活著 / 寇延丁作 . -- 初版 . -- 新竹市：水木文化 , 2019.06
　　面；　公分
　　ISBN 978-986-97826-1-6（平裝）

　　1. 人生哲學

191.9　　　　　　　　　　　　　　　　　108008115


ISBN 978-986-97826-1-6